KB093193

가수
요제피네 혹은
쥐의 족속

프란츠 카프카 Franz Kafka

카프카는 1883년, 지금은 체코공화국의 수도 프라하가 된
오스트리아–헝가리 제국의 영토였던 보헤미아 왕국에서 태어났다.
카프카는 실제 삶에 있어서는 물론 심지어 가족 안에서조차
아웃사이더였다. 하지만 문학에 있어서만큼은 가장 내밀한
인사이더였다. 그는 자신과 자신의 삶을 '문학으로 이루어져 있다'고
생각했고, 그 문학을 '기도의 형식'이자 '구제의 수단'으로 여겼다.
소심하고 온순한 소년이었던 그는 평범한 모범생으로
법학 박사학위를 따고 한 보험회사에 취직하지만 글쓰기에
필요한 시간을 확보하기 위해 1908년 '보헤미아 왕국
노동자 상해보험회사'라는 준국가기관으로 자리를 옮긴 후
그곳에서 죽기 2년 전인 1922년까지 14년간 일했다. 모든 억압,
특히 아버지의 억압으로부터 벗어나 글쓰기에만 전념하기 위해
1923년 베를린으로 이주한 후 젊은 유대 여성 도라 디만트를 만나
삶의 용기를 얻지만, 곧 건강이 악화돼 1924년 빈 교외의
킬링 요양원에서 마흔한 살 생일을 맞이하기 불과 한 달 전
숨을 거두고 만다.
그는 문학을 통해 세계의 부정성을 넘어설 수 있으며, 세상과 화해할 수
있다고 믿었다. 또한 문학을 통한 '변신'을 믿었다. 그러나 불가해하게
어두운 그의 작품들은 카프카 자신의 그러한 믿음이 허사였음을
우리에게 알려준다. 대신 무력한 인물들과 그들에게 닥치는
기이한 사건들을 통해 존재의 불안과 인간의 소외를
폭넓게 암시하는 매혹적인 상징주의를 우리에게 선사한다.
"책은 우리 내면의 얼어붙은 바다를 깨는 도끼여야 한다"고
말했던 카프카. 그는 문학이 존재하는 한 인간 내면의 언 바다를 깨는
도끼를 만든 문학의 헤파이토스로 기억될 것이다.

모음집

가수

요제피네

혹은

쥐의 족속

프란츠 카프카 지음 | 김재혁 옮김

프란츠
카프카의
소설

스피리투스

판결

펠리체 B. 양을 위한
프란츠 카프카의 이야기

화창하기 이를 데 없는 어느 봄날의 일요일 아침. 강을 따라 나지막한 집들이 길게 줄을 지어 늘어서 있다. 이 집들은 높이와 채색만 다를 뿐 모두 경량 철골로 지은 건물이다. 게오르크 벤데만의 집도 그 가운데 하나다. 젊은 사업가 게오르크 벤데만은 방금 2층 자기 방에서 외국에 있는 오랜 친구에게 편지를 썼다. 편지 쓰기를 마친 게오르크는 장난하듯 천천히 편지를 봉한 후 팔꿈치를 책상에 괸 채 창밖을 바라보았다. 그의 시선이 강과 다리 그리고 건너편 기슭의 연둣빛 구릉을 훑었다.

게오르크는 이 친구가 러시아로 떠나던 때를 생각했다. 몇 년 전, 고국에서 거둔 직업적 성과에 만족하지 못한 친구는 문자 그대로 도피를 단행했다. 지금은 페테르부르크에서 사업을 하는데, 첫 출발은 매우 좋았으나 고국에 올 때마다 한탄하는 소리로 미루어보건대, 이미 오래전부터 침체 상태를 못 벗어나고 있는 듯했다. 친구의 고향 방문 또한 점점 뜸해졌다. 친구는 이렇게 객지에서 성과도 없이 고생만 했다. 얼굴 아랫부분을 온통 뒤덮은 낯선 수염으로도 어릴 때부터 잘 알던 얼굴을 숨기지는 못했다. 누렇게 뜬 낯빛이 깊어가는 질병을 말해주는 듯했다. 그 친구 말마따나 그는 그곳 교민 사회와 끈끈한 유대도 없었고, 친하게 지내는 원주민 가족도 없었다. 친구는 그렇게 확정된 노총각의 길을 걷고 있었다.

그 친구는 분명 길을 잘못 들었고, 사람들은 그를 안쓰러워했지만 도와줄 수도 없었다. 그런 친구에게 무슨 말을 할 수 있겠는가? 고향으로 돌아오라고 조언해야 했을까? 거처를 이리로 옮기고 과거 친구 관계를 회복하라고? 물론 그러는 데는 아무런 문제도 없다. 그리고 친구들의 도움에 의지하라고 말해야 했을까? 그런 말은 그 친구를 위하는 말이 아니라 오히려 모욕하는 말일 것이다. 지금까지 시도한 일이 모두 실패했으니 이제 그만 손 털고 돌아와 사람들이 모두 놀라운 눈으로 영구적으로 귀향한 사람을 쳐다볼 때 그 시선을 감수하라는 말과도 같은 말이다. 친구들만이 뭘 좀 알고 따라서 그 자신은 고향에 머물며 성공한 친구들을 따를 수밖에 없는 나이 먹은 어린애라는 말과 무엇이 다른가? 그리고 고향으로 돌아오라는 조언이 친구를 성가시게 하면서까지 해야 할 만큼 의미 있는 일이었을까? 친구는 이제 고향이 낯설다는 말도 했었다. 그러니 친구를 고향으로 불러들이지 못했을 것이고, 그 친구는 조언 때문에 마음이 상했을 것이며, 친구들로부터 한 걸음 더 멀어진 채 온갖 고생을 하면서도 객지에 그대로 남았을 것이다. 만약 이 친구가 이런 조언을 따랐다면, 그 결과 의도와는 달리 어쩔 수 없는 사실로 인해 그 친구를 의기소침하게 만들었다면, 그래서 그 친구는 다른 친구들과 어울리지도 못하고 친구들 없이는 환경에 적응하지도 못하면서 수치심으로 괴로워한다면, 이제는 정말로 고향도 잃고 친구도 잃는다면, 조언이 그런 결과를 초래한다면, 그가 결정한 대로 객지에 남아 있는 편이 훨씬 낫지 않았을까? 이런 상황에서 그 친구의 사정이 여기서 실제로 나아지리라는 생각을 할 수 있었을까?

이러한 이유로 그 친구와 서신 왕래라도 유지하려는 사람들은 아주 먼 친척에게도 스스럼없이 전했을 만한 이야기조차 그 친구에게는 전할 수 없었다. 그 친구가 고향에 안 온 지는 벌써 3년이나 지났다. 친구는 그 이유를 러시아의 불안정한 정치 상황 때문이라고 대단히 짤막하게 설명했다. 그렇다면 수십만의 러시아인들이 거리낌 없이 전 세계를 활보할 때 소규모 사업가는 잠깐이라도 러시아를 떠날 수 없다는 말이 된다. 그런데 이 3년의 세월 동안 게오르크에게는 많은 변화가 있었다. 2년 전 어머니가 돌아가신 이후로 게오르크는 연로하신 아버지와 함께 살고 있다. 그 친구도 이 소식을 듣고 편지로 조의를 표했었다. 그 방식은 매우 형식적이었는데, 그 이유는 단지 객지에서 망자를 추도하기가 막막했기 때문이었을 것이다. 아무튼 그때부터 게오르크는 모든 일을 매우 단호하게 처리했다. 사업도 마찬가지였다. 어머니 생전에 아버지는 사업 경영을 당신 뜻대로만 하려고 했으므로 게오르크가 소신을 펼치기 어려웠는지도 모른다. 아버지는 여전히 사업에 관여하시지만, 어쩌면 어머니가 돌아가신 뒤로 소극적인 태도를 보였는지도 모른다. 어쩌면 운이 매우 좋았는지도 모른다. 아무튼 이 두 해 동안 사업은 기대 이상으로 번창했다. 직원을 네 배로 늘려야 했고, 수익은 다섯 배로 늘었으며, 앞으로도 계속 발전하리라는 전망에는 의심의 여지가 없었다.

그 친구는 이러한 변화를 전혀 알지 못했다. 예전에, 아마도 조문 편지에서 마지막으로 시도한 것 같은데, 친구는 게오르크에게 러시아로 이주하라고 설득하며 현재 페테르부르크는 게오르크가 운영하는 사업이 매우 전망이 밝다는 이야기를 늘어놓았었다. 그 수치들은 지금 게오르크의 사업 규모와 비교하면 명함도 못 내밀 수준이었다. 그러나 게오르크는 친구에게 자신의 사업적 성공에 대해 이야기하고 싶지 않았다. 그리고 이제 와서 뒤늦게 그 이야기를 한다면 대단히 묘한 느낌을 주었을 것이다.

이런 이유로 게오르크는 그 친구에게 언제나 대수롭지 않은 사건에 대해서만 이야기했다. 평온한 일요일에 생각해보면 기억 속에 두서없이 떠오르는 그런 사건들이었다. 게오르크는 단지 그 친구가 고향을 떠나 있는 긴 세월 동안 흐뭇한 마음으로 떠올릴 고향에 대한 기억을 망가뜨리고 싶지 않았다. 그러다 보니 그렇고 그런 사람이 그렇고 그런 아가씨와 약혼했다는 이야기를 꽤 긴 간격을 두고 세 번이나 써 보내게 되었는데, 그 친구는 게오르크의 의도와는 정반대로 이런 기이한 행동을 하는 게오르크를 이상하게 생각하기 시작했다.

그러나 게오르크는 그런 이야기를 하는 편이 자신이 한 달 전에 유복한 집안의 프리다 브란덴펠트라는 아가씨와 약혼했다는 이야기를 털어놓기보다 훨씬 마음 편했다. 그는 이 친구에 대해, 그리고 자신이 그 친구와 서신 교환을 할 때 취하는 특별한 입장에 대해 약혼녀와 자주 이야기했다. "그럼 그 친구는 우리 결혼식에 오지 않겠군요. 하지만 나는 당신 친구들을 모두 만나볼 권리가 있어요." 약혼녀가 말했다. 게오르크는 "나는 그 친구를 방해하고 싶지 않아요"라고 대꾸했다. "나를 제대로 이해해줘요. 그 친구는 아마 올 거예요. 적어도 그럴 거라 믿어요. 하지만 불편할 거고, 상처받을 거예요. 어쩌면 나를 부러워하겠죠. 못마땅할 거고, 그 못마땅한 기분을 끝내 떨쳐버리지 못한 채 혼자 돌아갈 겁니다. 혼자. 그게 뭔지 아세요?" "네. 하지만 우리가 결혼한다는 얘기를 다른 사람을 통해 들을 수도 있잖아요?" "그건 어쩔 수 없는 일이죠. 하지만 그 친구가 사는 방식으로 봐서 그럴 가능성은 희박해요." "그런 친구가 있었으면 당신은 나와 약혼하지 말았어야 했어요, 게오르크." "맞아요. 그 점은 우리 둘 다 실수했어요. 하지만 지금 되돌릴 생각은 없어요." 약혼녀는 게오르크의 키스에 거친 숨을 몰아쉬면서 쏘아붙였다. "사실 이건 나에 대한 모욕이에요." 그 순간 게오르크는 친구에게 모든 사실을 말해도 괜찮을 것 같다는 생각이 들었다. 그리고 속으로 말했다. '그 친구도 내 모습을 있는 그대로 받아들여야 해. 친구와의 우정을 유지하기 위해 지금의 나와 다른 내가 될 수는 없어.'

　　게오르크는 실제로 이 일요일 아침에 쓴 긴 편지에 다음과 같은 말로 친구에게 자신의 약혼 사실을 알렸다. "가장 좋은 소식은 맨 마지막에 쓰려고 아껴 두었어. 나 약혼했어. 프리다 브란덴펠트라는 유복한 집안의 아가씨야. 그 가족은 네가 떠나고 한참 뒤에 이곳에 정착했으니까 너는 모를 거다. 내 약혼녀에 대해 자세한 이야기를 할 기회가 또 있겠지. 나 정말 행복해. 이제 나는 네게 그저 평범한 친구가 아니라 행복한 친구가 되었다는 사실 외에 우리 사이에 변한 것은 아무것도 없어. 오늘은 이 정도로 만족하기 바라. 프리다도 네게 안부 전해달라고 말했고, 곧 네게 직접 편지를 쓸 거야. 프리다는 네게도 좋은 친구가 될 거야. 총각에게는 분명 특별한 일이잖아? 네가 한번 건너오기가 여러 가지로 어렵다는 사실은 잘 알고 있어. 하지만 내 결혼식은 만사 제쳐놓고 올 만한 일 아닐까? 어쨌거나 너무 부담 갖지 말고 너 편할 대로 하기 바란다."

　　게오르크는 편지를 다 쓴 후 얼굴을 창문으로 향한 채 오래도록 책상 앞에 앉아 있었다. 아는 사람이 지나가다 길에서 그를 향해 인사를 했을 때도 굳은 표정을 지은 채 제대로 답례조차 하지 못했다.

마침내 게오르크는 편지를 주머니에 넣고 방을 나와 작은 복도 맞은편에 있는 아버지의 방으로 들어갔다. 게오르크는 벌써 몇 달째 그 방에 들어가지 않았다. 아버지와는 계속 사무실에서 만났으므로 굳이 그럴 필요가 없었다. 점심 식사는 함께 음식점에서 해결했고, 저녁에는 각자 하고 싶은 일을 했다. 게오르크는 주로 친구들을 만났고 요즘은 약혼녀를 찾았으나 그래도 부자는 대부분 거실에서 각자 신문을 보면서 잠시나마 함께 시간을 보냈다.

게오르크는 놀라지 않을 수 없었다. 화창한 아침이었음에도 아버지의 방이 너무 어두웠기 때문이다. 좁다란 뜰 저편의 높은 담이 짙은 그림자를 드리웠다. 방의 한쪽 구석은 성모 마리아를 기리는 다양한 기념물로 장식되어 있었다. 아버지는 그곳 창가에 앉아 약해진 시력을 보완하기 위해 신문을 비스듬히 들고 읽고 있었다. 식탁에는 별로 손댄 것 같지 않은 아침 식사가 남아 있었다.

"아, 게오르크!" 아버지는 아들 이름을 부르며 곧바로 다가왔다. 걸음을 걷자 무거운 실내용 가운의 앞 여밈이 벌어졌고 밑단이 펄럭거렸다. "아버지는 여전히 건장하세요." 게오르크가 말했다.

"여긴 너무 어두워요!" 게오르크가 말을 이었다.

"그래. 어두워." 아버지가 대꾸했다.

"창문도 닫으셨네요?"

"나는 닫는 게 좋아."

"바깥 날씨가 아주 따뜻해요." 게오르크는 앞서 한 말에 덧붙이듯 이렇게 말하고 자리에 앉았다.

아버지는 식탁을 치우고 그릇을 통에 넣었다.

"실은 드릴 말씀이 있어요." 게오르크는 연로한 아버지의 움직임을 마지못해 따르며 말을 이었다. "방금 페테르부르크에 제가 약혼한 사실을 알렸어요." 게오르크는 주머니에서 편지를 살짝 빼 보인 후 도로 넣었다.

"페테르부르크에는 왜?" 아버지가 물었다.

"제 친구한테요." 게오르크는 대답하고 아버지의 눈을 보았다. '사무실에서 보던 모습과는 전혀 달라. 저렇게 다리를 벌리고 앉은 채 팔짱만 끼고 계시다니!' 게오르크는 이렇게 생각했다.

"오, 네 친구한테." 아버지가 힘주어 말했다.

"처음엔 제가 약혼한 사실을 말하지 않으려고 했던 거 아버지도 아시죠? 다른 의도가 있어서가 아니라 그 친구를 배려하려는 뜻에서요. 걔가 좀 대하기 조심스러운 사람이라는 거 아버지도 아시잖아요. 그런데 그 친구가 제가 약혼했다는 사실을 다른 사람을 통해 알 수도 있겠다는 생각이 들었어요. 만나는 사람도 없으니 그럴 가능성은 매우 낮지만요. 그렇게 되면 할 수 없지만, 어쨌든 제 입으로는 말하지 않으려고 했어요."

"그런데 지금은 생각이 바뀌었단 말이냐?" 아버지는 이렇게 묻고는 큰 신문을 창문턱에 놓고 그 위에 안경을

놓은 후 손으로 안경을 덮었다.

"네. 생각이 바뀌었어요. 절친한 친구니까, 제 약혼이 그 친구에게도 기쁜 일이라고 생각했어요. 그래서 더는 주저하지 않고 알리기로 했습니다. 하지만 편지를 부치기 전에 아버지께 말씀드리려고요."

"게오르크." 아버지는 아들 이름을 부르고는 이 빠진 입을 크게 벌렸다. "잘 들어라! 네가 그 일로 나와 상의하러 이렇게 와주니 참 고맙구나. 하지만 네가 지금 내게 사실을 다 털어놓지 않는다면 아무 소용 없다. 오히려 더 화가 날 일이지. 이 일과 상관없는 이야기를 끄집어낼 생각은 없다만, 네 어머니가 돌아가신 후로는 안 좋은 일들만 있었어. 어쩌면 앞으로도 안 좋은 일이 또 일어날지도 모르고. 그 시간은 우리가 생각하는 것보다 더 빨리 올지도 모른다. 사무실에서는 내가 모르고 지나치는 일들이 많아. 혹시 내게 숨겼는지도 모르지. 나는 지금 내게 숨겼다는 말을 하려는 게 아니다. 나는 이제 기운도 없고 기억력도 나빠졌어. 시력도 약해져서 그 많은 일을 다 들여다볼 수도 없다. 이건 첫째 자연적인 현상이고, 둘째 네 어머니의 죽음으로 너보다 내가 훨씬 더 큰 타격을 입었기 때문이야. 하지만 지금은 그 편지가 문젠데, 게오르크 나를 속이려 하지 마라. 이건 아주 사소한 일이야. 숨 쉬는 일보다 더 흔한 일이지. 그러니 나를 속이지 마라. 페테르부르크에 정말로 친구가 있니?"

게오르크는 당황한 채 서 있었다. "제 친구 문제는 일단 접어두기로 해요. 수천 명의 친구가 있다 한들 아버지 한 분을 대신할 수는 없어요. 제 생각에 아버지는 몸을 너무 안 아끼세요. 나이 생각도 하셔야죠. 아버지는 제 사업에서 없어서는 안 될 존재예요. 아버지도 잘 아시잖아요. 하지만 사업 때문에 아버지가 건강을 해치시기라도 한다면 내일이라도 당장 사업을 그만두겠어요, 영원히. 사업은 안 돼요. 우리는 달리 살 방도를 찾을 거예요. 아버지가 편히 사실 수 있도록 생활 방식을 송두리째 바꿔야 한다고요! 햇빛 좋은 거실 놔두고 왜 어두운 이곳에 앉아 계세요? 아침 식사도 제대로 안 하시고, 새 모이 먹듯 하시잖아요. 바깥 공기가 상쾌한데 창문도 안 여시고. 이러시면 안 돼요, 아버지! 의사를 부르겠어요. 의사가 처방해주는 대로 하세요. 방도 바꾸도록 하죠. 제가 이리로 옮길 테니 아버지가 앞방으로 가세요. 달라질 건 없어요. 물건이야 다 옮기면 되니까. 그 일은 천천히 해도 되고 지금은 좀 누우세요. 좀 쉬셔야겠어요. 이리 오세요. 옷 벗겨드릴게요. 일은 제가 다 알아서 처리할게요. 아니면 지금 당장 제 방으로 가실래요? 임시로 제 침대에 좀 누우세요. 그러는 편이 좋겠어요."

게오르크는 아버지 옆에 바짝 붙어 섰다. 아버지는 흰 머리가 더부룩한 머리를 푹 숙이고 있었다.

"게오르크." 아버지는 미동도 없이 낮은 목소리로 불렀다.

게오르크는 얼른 아버지 앞에 무릎을 꿇고 아버지의

지친 얼굴을 바라보았다. 지나치게 확대된 눈동자가 게오르크를 응시하고 있었다.

"너는 페테르부르크에 친구가 없어. 넌 늘 농담을 잘했다. 내 앞에서도 거리낌 없이 농담을 하곤 했지. 하지만 왜 하필 거기에 친구가 있다는 말이냐? 나는 못 믿겠다."

"잘 생각해보세요, 아버지." 게오르크는 이렇게 말하며 아버지를 의자에서 일으킨 후 가운을 벗겼다. 아버지는 힘없이 서 있었다. "그 친구가 우리 집에 놀러 온 지 삼 년이 다 되어가요. 아버지는 그 친구를 썩 좋아하지 않으셨죠. 저는 적어도 두 번은 아버지한테 그 친구가 제 방에 와 있는데도 없는 척했어요. 아버지가 그 친구를 못마땅해하시는 걸 저는 충분히 이해할 수 있어요. 걔가 좀 특이하죠. 하지만 아버지는 그 친구와 얘기도 잘하셨어요. 아버지가 그 친구 말에 귀를 기울이고 머리를 끄덕이고 묻고 하실 때 저는 정말이지 뿌듯했어요. 잘 생각해보세요. 기억나실 거예요. 그때 그 친구가 믿기 어려운 러시아 혁명 이야기도 했잖아요. 이를테면 키예프로 출장 갔을 때 폭동이 일어났는데 한 성직자가 발코니에서 칼로 손바닥을 굵직한 십자가 모양으로 벤 후 피가 흐르는 손을 들고 군중을 향해 외쳤다는 이야기요. 그 이야기는 아버지도 여기저기 이야기하고 다니셨잖아요."

게오르크는 이야기하는 동안 아버지를 다시 앉히고 마직 팬티 위에 입고 있던 저지 바지와 양말을 조심스럽게 벗겼다. 별로 깨끗하지 않은 속옷이 눈에 들어온 순간 아버지를 제대로 돌보지 않은 사실에 대해 자책했다. 아버지가 속옷을 갈아입도록 챙기는 일도 분명 그의 의무였다. 게오르크는 아버지의 거처에 대해 약혼녀와 아직 분명하게 이야기를 나누지 않았다. 두 사람은 말은 안 했지만 결혼 후에도 아버지는 지금 사는 집에서 혼자 지낼 거라 전제했다. 그러나 이 순간 게오르크는 앞으로 자신들이 살 집에 아버지도 모시고 가야겠다고 굳게 다짐했다. 상황을 직시하면 아버지를 새집에서 극진히 모시더라도 때는 이미 늦은 것 같았다.

게오르크는 아버지를 들어 안아 침대로 옮겼다. 침대까지 몇 걸음 가는 동안 아버지가 게오르크의 가슴팍에 달린 시계 체인을 만지작거리는 모습을 보고 게오르크는 섬뜩한 기분이 들었다. 아버지가 체인을 너무 꽉 잡고 있어서 얼른 침대에 눕힐 수가 없었다.

그러나 아버지는 침대에 누운 후 곧바로 괜찮아진 듯했다. 아버지는 스스로 이불을 덮고는 어깨 위로 한참을 끌어올렸다. 게오르크를 올려다보는 눈빛이 사나워 보이지도 않았다.

"그렇죠, 아버지? 기억나시죠?" 게오르크는 이렇게 물으며 고무하듯 머리를 끄덕였다.

"이불 제대로 덮었냐?" 아버지는 발이 이불 속에 있는지 스스로 확인할 수 없다는 듯이 이렇게 물었다.

"누우시니까 훨씬 좋으신가 봐요." 게오르크는 이렇게 말하며 이불을 고쳐 덮어드렸다.

"이불 제대로 덮었냐?" 아버지는 다시 한번 묻고 주의 깊게 대답을 기다리는 것 같았다.

"안심하세요. 잘 덮었어요."

"아니야!" 아버지가 너무도 크게 외친 탓에 게오르크의 대답이 도로 밀려 질문에 부딪히는 듯했다. 아버지가 이불을 세게 걷어차 버리는 바람에 이불이 한순간 허공에 펼쳐졌다. 아버지는 일어나 침대 위에서 한 손으로 천장을 가볍게 짚은 채 똑바로 섰다. "네가 이불을 덮어주려 했다는 건 잘 안다. 하지만 제대로 안 덮었어. 그리고 지금 이게 내게 남은 마지막 힘일지언정 너를 상대하기에는 충분해. 그러고도 남아. 나는 네 친구를 잘 알아. 아들 삼고 싶은 친구였지. 그래서 너는 그 오랜 세월 그 애를 속인 거야. 아니면 왜 그랬겠냐? 내가 그 아이 때문에 슬퍼하지 않은 줄 알았니? 그게 네가 사무실에 틀어박힌 이유였어. 방해하지 마시오, 사장님은 지금 바쁘십니다. 러시아에 보낼 그 엉터리 편지나 쓰자고! 다행스럽게도 아버지는 누가 가르쳐주지 않아도 아들 속을 꿰뚫어 볼 줄 아는 법이지. 너는 지금 네가 그 친구를 쓰러뜨렸다고 생각하고 있어. 꼼짝 못 하게 엉덩이로 깔고 앉아도 될 만큼 완전히 무너뜨렸다고 생각하지. 그래서 우리 아드님께서는 결혼도 하기로 결심하셨고!"

게오르크는 아버지의 끔찍한 모습을 올려다보았다. 아버지는 갑자기 페테르부르크에 있는 그 친구를 매우 잘 아는 사람이 되어 있었다. 게오르크는 그 어느 때보다 깊이 그 친구 생각에 빠져들었다. 드넓은 러시아에 홀로 버려진 친구의 모습이 떠올랐다. 약탈당해 텅 빈 가게 문에 기대고 선 친구 모습이 보였다. 진열대와 깨진 물건들과 축 늘어진 가스 파이프가 널브러진 폐허 한가운데 친구는 겨우 두 발로 바닥을 딛고 서 있다. 친구는 왜 그토록 멀리 떠나야 했을까?

"나를 봐!" 아버지가 외쳤다. 게오르크는 상황을 파악하기 위해 정신없이 침대를 향해 갔지만 도중에 멈춰 서고 말았다.

"그 여자가 치마를 걷어 올려서." 아버지가 재잘거리기 시작했다. "그 여자가 치마를 걷어 올려서, 그 잡년이." 아버지는 상황을 연출하느라 자신의 잠옷을 걷어 올렸다. 허벅지에 전쟁 때 얻은 흉터가 드러났다. "그 여자가 치마를 이렇게, 또 이렇게, 또 요렇게 걷어 올려서, 너는 그 여자에게 다가가 방해받지 않고 성욕을 해소했어. 그러느라 네 어머니에 대한 기억을 더럽혔고, 네 친구를 배신했고, 네 아비를 침대에 쑤셔 박았다. 꼼짝 못 하게 하려고. 하지만 나는 움직일 수 있어! 안 그래?"

아버지는 완전히 홀로 서서 다리를 들어 허공을 찼다. 그의 얼굴은 모든 사실을 다 안다는 듯 의기양양하게 빛났다.

게오르크는 아버지에게서 가급적 멀리 떨어지기 위해 구석으로 갔다. 언젠가, 오래전에, 게오르크는 예기치 못한 방향에서 기습당하지 않기 위해, 뒤에서 또는 위에서 아래로 가해오는 공격에 놀라는 일 없도록 모든 것을 꼼꼼히 살피겠다고 굳게 다짐했었다. 오래전에 잊었던 그 다짐이 지금 다시 생각났지만, 바늘귀에서 짧은 실이 빠져나가듯 다시 잊어버렸다.

"하지만 그 친구는 배신당하지 않았다!" 아버지가 외쳤다. 좌우로 흔들리는 집게손가락이 그 말을 강조했다.

"내가 그 친구의 이곳 현장 대리인이었어."

"코미디 하세요?" 게오르크는 참지 못하고 이 말을 내뱉고 말았다. 그로 인해 받게 될 피해를 곧바로 깨달았지만 때는 이미 늦었다. 게오르크는 혀를 깨물고 놀라 눈을 동그랗게 뜬 채 고통으로 몸을 굽혔다.

"그래! 코미디다! 코미디! 말 한번 잘했다! 그것 말고 이 늙은 홀아비한테 무슨 위로의 말을 할 수 있겠니? 말해봐! 대답할 동안은 살아 있는 아들 노릇을 해라. 이 뒷방 늙은이한테 뭐가 남아 있어? 못된 직원들한테 박해나 받는 뼛속까지 늙은 노인네한테! 그런데 내 아들은 환호하며 세상을 돌아다녔어. 내가 사업을 다 성사시켜놓으면 계약서에 서명이나 하면서. 좋아서 떼굴떼굴 구르면서. 그러고는 위인처럼 입을 굳게 닫은 얼굴로 이 아비를 두고 갔지! 내가 너를 사랑하지 않은 줄 아니? 너를 낳은 내가?"

'이제 고꾸라지시겠지.' 게오르크는 이렇게 생각했다. '침대에서 떨어져 박살이나 나라!' 이런 말이 게오르크의 머릿속을 획 지나갔다.

아버지는 고꾸라졌지만 침대에서 떨어지지는 않았다.

예상과 달리 게오르크가 다가오지 않자 아버지는 다시 몸을 일으켜 세웠다.

"거기 있어! 올 필요 없다! 너는 여기까지 올 힘은 있지만 그냥 물러서 있는 거라고 생각하지? 그러고 싶으니까? 착각하지 마라! 아직은 내가 너보다 훨씬 더 강해! 나 혼자라면 물러서야 했을지도 모르지. 하지만 네 어머니가 자기 힘을 나한테 다 주었거든. 그리고 나는 네 친구와 단단히 연대하고 있어. 네 고객 명단도 여기 이 주머니에 있단 말이다!"

'아버지는 잠옷에도 호주머니가 있네!' 게오르크는 속으로 이렇게 말하고는 세상 어디서든 이 말을 하면 아버지를 망신시킬 수 있겠다고 생각했다. 그 생각은 잠깐 스치고 지나갔을 뿐 게오르크는 계속해서 모든 것을 잊어버렸다.

"네 약혼녀와 팔짱을 끼고 내게 덤벼봐! 내가 그년을 네게서 치워줄 테니. 어떻게 할지는 두고 보면 알아!"

게오르크는 그 말을 못 믿겠다는 듯이 얼굴을 찡그렸다. 아버지는 자신이 한 말이 괜한 소리가 아니라는 듯 게오르크가 있는 구석을 향해 머리를 끄덕였다.

"아까 네가 나한테 와서 친구에게 약혼했다는 사실을 알려야 할지 물었을 때 어찌나 웃기던지! 그 친구는 다 알고 있어, 이 멍청아. 다 알아! 내가 그 애한테 편지를 썼으니까. 네가 깜빡하고 나한테서 펜을 안 빼앗은 덕분이지. 그래서 그 애가 몇 년째 안 오는 거야. 그 애가 너보다 백배는 더 잘 알아. 그 애는 오른손으로 내가 보낸 편지를 들고 읽느라 네 편지는 읽지도 않고 왼손으로 구겨버린다고."

아버지는 이야기에 몰두하여 팔을 흔들어 머리 위로 올렸다. "그 애가 천 배는 더 잘 알아!" 하고 아버지는 외쳤다.

"만 배죠!" 게오르크는 아버지를 놀리려고 이렇게 말했다. 그러나 그 말은 입에서 채 나오기도 전에 극도로 진지하게 울렸다.

"나는 네가 그 질문을 하러 오기를 몇 년 전부터 기다렸다. 내가 다른 일에 관심이나 있는 줄 아니? 내가 신문을 보는 줄 알아? 봐라!" 아버지는 게오르크를 향해 신문을 던졌다. 그 신문이 어떻게 침대에 있는지 모를 일이었다. 그 신문은 게오르크에게는 이름도 생소한 옛날 신문이었다.

"너는 한참 동안이나 철이 들 생각을 안 했다. 네 어머니는 좋은 날도 못 보고 돌아가셨어. 네 친구는 러시아에서 몰락해가고 있고. 그 애는 이미 삼 년 전에 내다 버려도 될 만큼 누렇게 떴었어. 그리고 나는, 내 꼴이 어떤지 보는 눈이 있으면 좀 봐라!"

"그러니까 숨어서 저를 기다리셨군요!" 게오르크가 외쳤다.

"그 말을 일찌감치 했었어야지. 이젠 아무 소용없다." 아버지가 동정하는 투로 말했다.

그러고는 목소리를 높여 말을 이었다. "이제 알겠니?

이 세상에 너만 중요한 게 아니야. 너는 여태 너 자신밖에 몰랐다. 너는 사실 순진한 아이였지. 하지만 악마 같은 놈이었다는 게 더 정확한 사실이야! 그러니 들어라. 나는 지금 네게 익사형溺死刑을 선고한다!"

게오르크는 방에서 쫓겨난 기분이었다. 등 뒤에서 아버지가 "쿵!" 하고 침대에 쓰러지는 소리가 귓전을 떠나지 않았다. 기울어진 평면 위를 달리듯 계단을 뛰어 내려갈 때 갑자기 하녀와 마주쳤다. 하녀는 집 청소를 하기 위해 막 계단을 오르려던 참이었다. "어머나!" 하녀는 이렇게 외치고 앞치마로 얼굴을 가렸지만 게오르크는 이미 그 자리에 없었다. 게오르크는 대문을 박차고 나간 후 찻길을 건너 강가로 내달렸다. 그리고 굶주린 자가 음식을 움켜쥐듯 난간을 꽉 붙잡았다. 그는 난간을 펄쩍 뛰어넘었다. 게오르크는 어릴 때 부모님이 자랑스러워하는 훌륭한 체조선수였다. 그는 여전히 난간에 매달려 있었다. 점점 손에서 힘이 빠져나갔다. 난간 살 사이로 버스가 보였다. 물에 뛰어들 때 나는 소리는 버스 소음에 묻힐 것이다. "부모님, 저는 언제나 부모님을 사랑했어요." 게오르크는 나지막이 이렇게 말하고 난간을 붙잡고 있던 손을 놓았다.

그 순간 다리 위로 끊임없이 차들이 지나갔다.

—《아르카디아》, 1913.

법 앞에

법 앞에 문지기가 서 있다. 이 문지기에게 한 시골 남자가 다가와 법 안으로 들여보내 달라고 요청한다. 문지기는 지금은 입장을 허락할 수 없다고 말한다. 시골 남자는 생각해보더니, 그러니까 나중에는 들어갈 수 있느냐고 묻는다. 문지기는 "그렇죠. 하지만 지금은 안 돼요"라고 말한다. 여느 때와 마찬가지로 법으로 들어가는 문이 열려 있는 상태에서 문지기가 옆으로 비켜서자 시골 남자는 허리를 굽혀 문 안쪽을 들여다보았다. 그 모습을 보고 문지기는 웃음을 터뜨리고는 이렇게 말했다. "그렇게 궁금하면 내 허락 없이 들어가 보시오. 하지만 명심해야 할 거요. 나는 힘 있는 사람이오. 그런데 내가 문지기 중에서 제일 낮은 사람이란 말씀이야. 마당마다 그 앞에는 문지기가 서 있어. 마당을 하나씩 지날 때마다 더 힘 센 문지기가 지키고 있지. 세 번째 마당을 지키는 문지기만 해도 나 같은 놈은 감히 쳐다보지도 못해." 시골에서 온 이 남자는 이런 어려움이 있으리라고는 예상치 못했다. 법은 누구라도 언제든지 들어갈 수 있어야 하지 않나 생각하며 시골 남자는 펠트 외투를 입고 있는 문지기를 자세히 살폈다. 크고 뾰족한 코, 길게 자란 가늘고 검은 타타르식 턱수염을 보자 시골 남자는 문지기가 들어가라고 허락해줄 때까지 기다리기로 마음먹었다. 문지기는 남자에게 의자를 내어주며 문 옆에 앉으라고 말했다. 몇 날이고 몇 해고 이 남자는 그곳에 앉아 있었다. 그는 입장 허가를 받으려고 여러모로 애를 썼고, 문지기가 지칠 때까지 간청했다. 문지기는 간단하게 시골 남자를 자주 심문했다. 고향에 대해 꼬치꼬치 물었고, 그 밖에도 이것저것 물었지만 높으신 분들이 그러듯 건성으로 던지는 질문이었다. 그리고 마지막에는 언제나 입장을 허락할 수 없다고 말했다. 시골 남자는 여행에 앞서 단단히 무장하고 왔지만 모든 물건을 문지기를 매수하는 데 썼다. 아무리 귀한 물건일지라도 아끼지 않았다. 문지기는 그 물건들을 다 받으면서도 "안 받으면 섭섭하게 생각할까 봐 받는 거요"라고 말했다. 그 많은 세월이 흐르는 동안 남자는 문지기를 끊임없이 관찰했다. 다른 문지기는 잊은 채 이 첫 번째 문지기가 법으로 들어가지 못하게 막는 유일한 장해물이라고 생각했다. 그는 초장부터 재수가 없다고 부르짖었다. 처음 몇 년 동안은 앞뒤 생각 없이 큰 소리로 외쳤고, 나중에 나이가 들어서는 혼잣말로 구시렁거렸다. 남자는 판단력이 흐려졌고, 수년에 걸쳐 문지기를 살피는 가운데 그의 펠트 외투 깃에서 벼룩을 발견했다. 남자는 벼룩들한테까지 문지기의 마음을 돌릴 수 있도록 도와달라고 간청했다. 마침내 남자는 눈이 어두워졌고 정말로 날이 어두워졌는지, 눈이 침침해서 어두워 보이는지 분간할 수 없게 되었다. 그러나 어둠 속에서도 법의 문을 뚫고 나오는 한 가닥 꺼지지 않는 불빛만은 알아볼 수 있었다. 그는 이제 살날이 얼마 남지 않았다. 죽음을 앞둔 그의 머릿속에서 그 긴 세월의 경험들이 한 가지 질문으로 압축되었다. 아직까지 문지기에게 하지 않은 질문이었다. 그 남자는 굳어져 가는 몸뚱이를 더는 일으킬 수 없었으므로 문지기를 향해 손짓했다. 문지기는 그를 향해 몸을 깊이 숙였다. 키 차이가 너무 크게 벌어졌기 때문이었다. "뭘 또 물으시려고? 지치지도 않소?" 문지기가 말했다. "모든 사람이 법에 가까이 가려고 애를 씁니다. 그런데 그 긴 세월 동안 나 말고는 입장 허가를 요구하는 사람이 아무도 없었어요. 도대체 어찌 된 일입니까?" 남자가 물었다. 문지기는 이 남자가 곧 죽으리라 짐작하고 꺼져가는 청력으로도 알아들을 수 있도록 큰 소리로 말했다. "이 입구는 당신한테만 지정된 곳이라 다른 사람은 여기서 입장 허가를 받을 수 없어요. 이제 문 닫으러 갑니다."

—《자기 방어》, 1915.

학술원에 드리는 보고

고매하신 학술원 선생님들께.

영광스럽게도 저는 학술원으로부터 원숭이 시절의 삶에 대한 보고서를 제출해달라는 요청을 받았습니다.

안타깝게도 저는 학술원의 이와 같은 요청에 부응할 수가 없습니다. 현재의 저와 원숭이 시절 사이에는 5년에 가까운 세월이 가로놓여 있습니다. 달력으로 보면 짧은 시간일 수도 있겠으나, 쉬지 않고 달려온 제게는 한없이 긴 시간이었습니다. 구간별로 훌륭한 인간들이 이끌어주었고, 조언과 박수도 받았으며, 오케스트라가 음악을 연주해주기도 했습니다. 그러나 본질적으로 저는 혼자였습니다. 저를 따르던 응원 부대는, 비유적으로 표현하자면, 차단기가 나오려면 아직도 한참 먼 지점에서 모두 멈춰 섰습니다. 제가 만약 제 태생에 충실하고자 고집을 부렸다면, 제 청년기에 대한 기억에 고집스럽게 매달렸다면 현재와 같은 성과를 거두기란 불가능했을 것입니다. 모든 고집을 버리는 일이야말로 제가 저 자신에게 내리는 가장 준엄한 명령이었습니다. 자유로운 원숭이였던 저는 스스로 이 멍에를 짊어졌습니다. 그러자 제 기억은 점점 멀어져갔습니다. 처음에는, 인간들이 원했다면, 하늘이 이 땅에 세워준 거대한 문을 통해 돌아갈 수도 있었을 것입니다. 그러나 그 문은 저의 진화를 재촉하는 채찍질과 더불어 점점 낮아지고 또 좁아졌습니다. 저는 인간의 세계에 살면서 점차 마음이 편해졌고 동화되어가는 느낌이 들었습니다. 제 과거로부터 불어오던 폭풍은 그 기세가 꺾였습니다. 이제 그 폭풍은 한줄기 바람이 되어 제 뒤꿈치를 식혀줄 뿐입니다. 그리고 그 바람이 불어오는 저 먼 곳의 틈새, 언젠가 제가 지나온 그 틈새는 이제, 거기까지 달려갈 힘도 의지도 없습니다만, 통과하려면 온몸에 난 털이 다 빠질 정도로 작아졌습니다. 솔직히 말하자면, 이 문제에 대해서도 비유적으로 말씀드리고 싶지만, 솔직히 말하자면, 선생님들도 원숭이에서 진화한 존재들인바, 선생님들의 현재와 원숭이 시절 사이는 솔직히 현재의 저와 제 과거 사이만큼 멀지 않습니다. 그런데도 지구상에 걸어 다니는 모든 생물체는 원숭이 시절을 뒤꿈치를 간질이는 바람 정도로 생각합니다. 보잘것없는 침팬지든, 위대한 아킬레스든.

그러나 매우 제한된 의미에서 학술원이 제시한 질의

에 기꺼이 답변하겠습니다. 제가 처음으로 배운 것은 악수였습니다. 악수는 환영을 뜻합니다. 제 인생의 절정에 도달한 오늘날에는 처음 만난 사람과 악수를 할 때 환영의 말도 한마디 곁들일 줄 압니다. 학술원 입장에서 보면 특별히 새로운 사실도 아니고, 저한테서 듣고자 했던 내용에 한참 못 미치는 내용일 것입니다. 학술원에서 듣고 싶어 하는 내용은 제가 아무리 말씀드리고 싶어도 말씀드릴 수가 없습니다. 그나마 제가 말씀드리는 내용은 한 원숭이가 인간세계에 들어와 그곳에 자리 잡게 되기까지 따랐던 가이드라인 정도는 될 것입니다. 그러나 지금 제가 백 퍼센트 자신이 없고, 문명 세계의 그 어떤 유명 버라이어티쇼 무대에서도 흔들리지 않는 확고한 지위에 도달하지 않았다면, 저는 다음과 같은 보고를 결코 할 수 없었을 것입니다.

저는 황금해안 출신입니다. 제가 생포된 경위에 대해서는 다른 보고서에 나와 있습니다. 저는 그날 저녁 무리에 섞여 물을 마시러 갔는데, 하겐베크 사의 사냥 원정대가 해안 풀숲에 매복하고 있었습니다. 원정대장과는 그 후 여러 차례 고급 레드와인을 마신 사이입니다. 그건 그렇고 원정대가 총을 쏘았는데 저만 유일하게 맞았습니다. 두 발이었습니다.

한 발은 뺨에 맞았습니다. 가벼운 총상이었지만 털이 다 뽑힐 정도로 큼직한 붉은 상처가 남았습니다. 이 상처 때문에 저는 빨간페터라는 대단히 거슬리는 이름을 얻었습니다. 저와 전혀 어울리지 않고, 건성으로 어떤 원숭이한테서 따온 이름이었습니다. 마치 제가 뺨에 붙은 붉은 얼룩이 없었다면 이미 오래전에 사망한 페터와 구별이 안 된다는 듯이. 페터는 여기저기에 이름난 조련된 원숭이었습니다. 그냥 그렇다는 이야기입니다.

두 번째 총탄은 엉덩이 아랫부분에 맞았습니다. 중상이었지요. 그 덕에 제가 오늘날까지도 다리를 조금 접니다. 최근에 저는 저에 관한 수만 건의 신문 기사 가운데서 제가 원숭이의 본성을 아직은 완전히 억제하지 못한다는 내용의 기사를 읽었습니다. 그 증거는 제가 손님이 오면 바지를 벗고 총탄 맞은 자리를 보여주기 좋아하기 때문이라는 것입니다. 그 글을 쓴 작자의 열 손가락을 모조리 뚝뚝 분질러놓아야 마땅할 것입니다. 저는, 제가 바지를 벗고 싶으면 누구 앞에서든 벗을 수 있는 일 아닙니까? 그래봤자 잘 다듬은 털과 상처 외에는 볼 것도 없습니다. 그 상처는, 여기서는 특별한 목적에 맞는 특정한 표현을 선택하고자 합니다. 단, 이 표현을 오해해서는 안 될 것입니다. 그 상처는 무도한 충격으로 입은 상처입니다. 모든 사실은 명백하게 드러나 있습니다. 숨길 것은 아무것도 없습니다. 진실이 문제가 될 때는 아무리 고매하신 분도 자잘한 예의범절에 얽매이지 않습니다. 그러나 위의 기사를 쓴 작자는 손님이 오면 바지를 벗나 봅니다. 마치 바지를 벗는 행위에 색다른 측면이라도 있다는 듯이. 저는 그분이 이성을 지닌 인간이라면 그런 행동을 하지 말아야 한다고 생각합니다. 그렇다면 자신의 예리한 감각으로 저를 괴롭히는 일도 하지 말아야겠지요.

총에 맞은 후 깨어보니 하겐베크 사의 증기선 3등 선실에 있는 우리 안이었습니다. 이때부터 서서히 기억이 나기 시작했습니다. 그 우리는 4면이 창살로 된 우리가 아니었습니다. 궤짝 한 면에 창살을 3면으로 붙인 것이었습니다. 그러니까 궤짝이 네 번째 벽이었습니다. 그 우리는 똑바로 서기에는 너무 낮았고, 바닥에 앉기에는 너무 좁았습니다. 그래서 무릎을 접은 채 쪼그리고 앉아야 했습니다. 무릎이 한없이 떨렸습니다. 저는 처음에는 아무도 보고 싶지 않아 어둠 속에만 있으려 했으므로 궤짝 벽을 향해 앉았습니다. 그래서 뒤에 있는 창살에 제 몸이 눌렸습니다. 사람들은 야생 동물을 애초에 이런 식으로 가두는 것을 좋은 방법이라고 생각합니다. 저도 겪고 보니 이 방법이 인간들 입장에서는 실제로 좋은 방법이라는 사실을 지금은 부정하지 못하겠습니다.

그러나 당시에는 그런 생각을 하지 못했습니다. 저는 난생처음 출구가 없는 상황에 처했습니다. 최소한 앞으로 난 출구는 없었습니다. 제 바로 앞에는 궤짝이 있었으니까요. 널판 몇 개를 바짝 붙여 만든 궤짝이었습니다. 널판 사이로 한 군데 틈이 벌어져 있기는 했습니다. 그 틈을 처음 발견했을 때는 멋도 모르고 기쁨에 들떠 환호했습니다. 그러나 그 틈새는 꼬리를 밀어 넣을 수도 없을 만큼 좁았고, 원숭이의 힘으로는 아무리 기를 써도 더 벌릴 수 없었습니다.

훗날 사람들이 해준 말에 의하면 저는 별로 소란을 피우지 않은 축이었습니다. 드문 경우였답니다. 그런 저를 보고 사람들은 제가 곧 죽거나, 첫 위기를 잘 극복하기만 하면 저를 길들이기는 매우 쉬우리라는 결론을 끌어냈습니다. 저는 이 시기를 극복하고 살아남았습니다. 소리죽여 흐느끼고, 힘들게 벼룩을 잡고, 힘없이 코코넛을 핥고, 머리로 궤짝 벽을 쿵쿵 찧고, 누가 가까이 오면 혀를 내밀고…….저의 새로운 삶은 이렇게 시작되었습니다. 그 어떤 행동을 하든 그 느낌은 언제나 매한가지였습니다. 출구가 없다는 느낌. 저는 당연히 그 당시 원숭이로서 느낀 감정을 지금 인간의 언어로 묘사할 수밖에 없으며, 그 결과 잘못 묘사할 수도 있습니다. 그러나 이제 비록 예전 원숭이의 진실에 다시는 이를 수 없지만, 적어도 제가 기술하는 방향은 그 진실을 향하며, 여기에는 의심의 여지가 없습니다.

　　여기까지 오는 동안 출구는 매우 많았습니다. 하지만 이제 하나도 남아 있지 않습니다. 저는 벽에 부딪쳤습니다. 제 몸에 못을 박아 고정했다 한들 내키는 대로 이리저리 돌아다니는 제 성향은 조금도 누그러들지 않았을 것입니다. 왜 이렇게 되었을까? 발가락 사이 살이 벗겨지도록 긁으며 생각해봐도 그 이유는 찾지 못할 것입니다. 쇠창살에 몸을 던져 몸이 두 동강이 날지언정 그 이유는 찾지 못할 것입니다. 제게 출구는 없었습니다. 그러나 출구 없이는 살 수 없었기에 출구를 만들어야 했습니다. 이 궤짝 벽에 계속 붙어 있다가는 죽는 수밖에는 없었으니까요. 그러나 하겠베크에서 원숭이 자리는 이 궤짝 벽뿐입니다. 그래서 저는 원숭이이기를 그만두었습니다. 그것은 제 배에서 어찌어찌 짜낸 명쾌하고 멋진 생각이었습니다. 원숭이는 배로 생각합니다.

제가 사용하는 출구라는 말을 제대로 이해하지 못할까 봐 두렵습니다. 저는 이 말을 가장 일상적이고 순수한 의미로 사용합니다. 저는 의도적으로 자유라는 말을 회피합니다. 저는 사방으로 뻥 뚫린 듯 후련한 자유의 감정을 말하는 게 아닙니다. 제가 원숭이였을 때는 그런 감정을 알고 있었는지도 모르겠습니다. 그런데 저는 인간들을 알게 되었고, 그들은 자유를 동경했습니다. 하지만 저에 대해 말씀드리자면, 저는 그 당시에도 자유를 원하지 않았고 지금도 원하지 않습니다. 덧붙이자면, 인간들은 자유라는 말에 너무 자주 속습니다. 자유를 가장 고귀한 감정으로 치는 만큼 자유를 얻지 못했을 때의 실망감도 가장 고귀한 감정으로 간주합니다. 저는 버라이어티쇼에서 제 순서가 시작되기 전에 한 쌍의 곡예사가 천장에 매단 공중그네에서 일하는 모습을 자주 봅니다. 그들은 공중으로 날아오르고, 그네를 타고, 펄쩍 뛰고, 둥실 떠올라 서로의 품에 안기고, 한 사람이 다른 사람의 머리 꼬랑지를 입으로 물어 옮깁니다. "저런 것도 인간의 자유야? 저 우쭐하는 동작이라니!" 하고 저는 생각했습니다. 신성한 본성을 어찌 저리 조롱할 수 있을까! 이 장면을 원숭이들이 보았다면 그들이 터뜨린 웃음으로 철옹성도 날려버렸을 것입니다.

그렇습니다. 저는 자유를 원하지 않았습니다. 단지 출구를 원했을 뿐입니다. 왼쪽이든 오른쪽이든 또 다른 어느 쪽이든, 저는 출구 외에 다른 요구는 하지 않았습니다. 그 출구가 속임수였다 하더라도 제 요구는 작은 것이었으므로 속임수가 대단하지는 않았을 것입니다. 계속 가자! 계속 가자! 두 팔을 높이 쳐든 채 궤짝 벽에 들러붙어 있지 말고 계속 가자!

이제 저는 잘 알고 있습니다. 제가 마음의 평화를 찾지 못했더라면 저는 결코 벗어나지 못했을 것입니다. 오늘날의 제가 되기까지는 실제로 배에서 며칠이 지난 후 제게 찾아온 평화 덕분이고, 그 평화는 다시금 뱃사람들 덕분입니다.

많은 일이 있었지만 좋은 사람들이었습니다. 그 당시 비몽사몽 간에 들리던 그 사람들의 묵직한 발소리는 요즘도 자주 생각납니다. 그 사람들은 무슨 일이든 극도로 천천히 시작하는 버릇이 있었습니다. 이를테면 눈을 비비려고 손을 들어 올릴 때는 마치 무거운 추를 들어 올리는 듯했습니다. 그 사람들이 하는 농담은 거칠었지만 해맑았습니다. 그들의 웃음에는 언제나 기침이 섞여 있었는데, 기침 소리를 들으면 중증 질환에라도 걸린 듯했지만 사실 아무 질환도 없었습니다. 그들은 항상 입에서 뭔가를 뱉었습니다. 아무 데나 뱉더군요. 그리고 늘 저한테서 벼룩을 옮았다고 불평했습니다. 그렇다고 정말로 화를 낸 적은 한 번도 없었습니다. 그들은 제 털 사이에 벼룩이 득실거리고 벼룩은 점프를 잘한다는 사실을 알고 있었던 것이지요. 그것으로 그만이었습니다. 근무가 없을 때면 때때로 제 주위에 몇몇이 반원을 그리며 둘러앉았습니다. 별로 말이 없었고 서로를 바라보며 꾸르륵거리기만 했습니다. 궤짝 위에 몸을 뻗은 채 파이프를 피웠고, 제가 조금이라도 움직이면 무릎을 쳤습니다. 가끔은 한 사람이 꼬챙이를 집어 제 몸에서 간지러운 부분을 시원하게 긁어주었습니다. 지금 누군가 저더러 그 배를 타고 함께 여행하자고 제안한다면 저는 분명 거절할 것입니다. 그러나 제가 그 배의 3등 선실에서 떠올리게 될 기억이 나쁜 기억만은 아니었다는 사실 또한 분명합니다.

이 사람들 사이에서 얻은 평화로 인해 저는 무엇보다도 도주를 시도하는 걸 단념하게 되었습니다. 살기 위해서는 출구를 찾아야 했지만, 그 출구는 도주한다고 찾을 수 있는 게 아니었습니다. 지금 생각하니 그 당시에도 저는 그 사실을 알고 있었던 것 같습니다. 요즘은 이빨로 호두를 깔 때조차 조심스럽지만, 그 당시라면 시간이 좀 걸리더라도 자물쇠를 이로 물어뜯을 수 있었을 것입니다. 하지만 저는 하지 않았습니다. 그래서 얻는 게 무엇이겠습니까? 머리를 밖으로 내밀기 무섭게 사람들은 저를 다시 붙잡아 더 나쁜 우리에 가두었을 겁니다. 아니면 도망을 치고 보니 다른 동물과, 이를테면 커다란 뱀과 마주치게 되었을지도 모릅니다. 뱀은 제 몸을 칭칭 감고 숨통을 끊어놓았겠지요. 어쩌면 갑판까지 몰래 나가 배 밖으로 뛰어내리는 데 성공했을

○   36

지도 모릅니다. 그다음엔 망망대해에서 이리저리 휩쓸리다 곧 빠져 죽었겠지요. 쓸데없는 짓입니다. 저는 사람들처럼 계산하지는 않았지만 제 주변의 영향으로 마치 계산한 듯 행동했습니다.

저는 계산은 하지 않았지만 조용히 관찰했습니다. 이 사람들이 올라가고 내려가는 모습을 보았습니다. 언제나 같은 얼굴, 같은 움직임이었습니다. 때때로 한 사람인 듯 생각되기도 했습니다. 이 사람들은 다닐 때 아무런 제재를 받지 않았습니다. 제게 서서히 원대한 목표가 보이기 시작했습니다. 제가 저 사람들처럼 되면 우리를 치워주겠다고 약속한 사람은 아무도 없었습니다. 이루어질 것 같지 않은 그런 일을 두고 약속을 하지는 않으니까요. 그러나 목표에 도달한 대가를 받고 나서 보면 그 약속은 예전에 아무리 찾아도 찾을 수 없었던 바로 그곳에 있었다는 사실을 뒤늦게 깨닫게 됩니다. 그런데 그 사람들 자체에서는 제가 그다지 부러워할 만한 점을 발견할 수 없었습니다. 제가 앞서 언급한 자유의 신봉자였다면, 저는 분명 이 사람들의 흐릿한 눈빛에서 발견한 그 출구보다는 망망대해를 선택했을 것입니다. 아무튼 저는 이런 생각을 하기 오래전부터 그 사람들을 관찰했습니다. 네. 쌓이고 쌓인 관찰의 결과가 비로소 제게 뚜렷한 방향을 제시해주었습니다.

사람들을 흉내 내기는 매우 쉬웠습니다. 침 뱉기는 첫날부터 할 수 있었습니다. 우리는 서로 얼굴에다 침을 뱉었습니다. 차이점은 저는 나중에 제 얼굴을 깨끗이 핥았는데,

그 사람들은 핥지 않았다는 점입니다. 파이프는 머지않아 노인네처럼 피우게 되었습니다. 제가 파이프의 연소 통에 엄지손가락을 넣고 꾹꾹 누르기라도 하면 3등 선실 전체가 환호성으로 뒤덮였습니다. 다만 속이 빈 파이프와 속을 채운 파이프의 차이를 깨닫기까지는 한참 더 걸렸습니다.

제일 어려웠던 일은 소주 마시기였습니다. 소주 냄새는 끔찍했습니다. 저는 안간힘을 쓰며 노력했지만 극복하기까지 몇 주가 걸렸습니다. 이상하게도 사람들은 이와 같은 저 자신과의 싸움을 저의 그 어떤 다른 면보다도 진지하게 여겼습니다. 저는 제 기억 속의 사람들이 누가 누구인지 구별하지 못합니다. 다만 거듭 찾아오는 사람이 한 사람 있었는데 혼자 올 때도 있었고 동료와 함께 올 때도 있었습니다. 낮에 오기도 하고, 밤에 오기도 하고, 아무 때나 시도 때도 없이 찾아왔습니다. 그 사람은 술병을 들고 제 앞에 서서는 저를 가르쳤습니다. 그 사람은 저를 이해하지 못했고, 제 존재의 수수께끼를 풀고자 했던 것입니다. 선생님은 천천히 병에서 코르크 마개를 뽑고는 저를 쳐다보며 제가 이해했는지 살폈습니다. 고백하거니와 저는 언제나 그 사람을 뚫어지라 쳐다보며 무섭도록 집중했습니다. 이 지구상에 이런 인간 제자를 둔 인간 교사는 없을 것입니다. 마개를 뽑은 후 그는 술병을 입으로 가져갔습니다. 저는 그 사람을 눈으로 좇으며 목구멍 속까지 들여다보았습니다. 선생님은 이런 제 태도에 만족해하며 머리를 끄덕였습니다. 그는 병을 입술에 갖다 댔고, 저는 조금씩 깨우치는 즐거움에 들떠 깍깍 소리를 지르며 손이 닿는 대로 제 몸 여기저기를 긁었습니다. 선생님은 그 모습을 보고 좋아하며 병을 입에 대고 한 모금 마셨습니다. 저는 필사적으로 선생님을 따라 하려 했고, 조바심에 그만 우리 안에서 오줌을 지렸습니다. 그러자 선생님은 더욱 흡족해하며 술병을 든 손을 앞으로 쭉 뻗더니 호弧를 그리며 들어 올리고는 시범을 보이느라 과장되게 몸을 뒤로 젖히고 단숨에 술병을 비웠습니다. 저는 갈망이 너무 컸던 나머지 지쳐버렸고 더는 선생님을 따라 하지 못하고 맥없이 창살에 몸을 기댔습니다. 선생님은 자신의 배를 쓰다듬으며 히죽히죽 웃었고 이로써 이론 수업을 마쳤습니다.

    이제 실습입니다. 이론 수업으로 이미 너무 지치지 않았느냐고요? 그랬습니다. 너무 지쳤지요. 그게 제 운명이었습니다. 그럼에도 저는 제게 내민 술병을 최대한 꽉 붙들고 떨리는 손으로 코르크 마개를 뽑았습니다. 그러자 다시 힘이 나기 시작했습니다. 저는 선생님이 보여준 시범과 구별이 안 될 정도로 술병을 입에 잘 갖다 댔습니다만 너무도 역겨워 그만 바닥에 내던지고 말았습니다. 그 병은 빈 병이었고 냄새만 차 있었습니다. 그럼에도 너무 역겨웠습니다. 선생님은 애석해했고, 저는 말할 나위도 없었습니다. 술병을 던진 후 까먹지 않고 히죽히죽 웃으며 배를 쓰다듬었지만, 선생님도 저도 그것만으로 아쉬움을 달랠 수는 없었습니다.

    수업은 너무도 자주 그런 식으로 끝났습니다. 존경스

럽게도 선생님은 제게 화를 내지 않았습니다. 가끔 불이 붙은 파이프를 제 털에 갖다 대는 일도 있었습니다. 제 손이 잘 닿지 않는 부분에. 그곳이 타들어 가기 시작하면 선생님은 자신의 크고 능숙한 손으로 불을 껐습니다. 제게 화를 내지는 않았습니다. 그 사람은 우리가 한편이 되어 원숭이의 본성과 싸우고 있으며, 제가 맡은 부분이 더 어려운 일이라는 사실을 알고 있었습니다.

그러던 어느 날 제가 거둔 성공은 저뿐만 아니라 선생님에게도 이루 말할 수 없는 승리였습니다. 그날 저녁에는 구경꾼이 많았습니다. 축음기가 돌아가고 있던 모습으로 보아 아마도 파티였던 것 같습니다. 한 장교가 사람들 사이를 이리저리 돌아다니고 있었습니다. 누군가 실수로 제 우리 앞에 소주병을 놓아두었는데 제가 그 병을 눈에 띄지 않게 집어 들었습니다. 점차 사람들의 관심이 저한테로 쏠리는 가운데 저는 배운 대로 코르크 마개를 뽑고, 술병을 입에 갖다 댄 후 망설임 없이, 입도 일그러뜨리지 않고, 전문 술꾼처럼, 눈을 동그랗게 뜨고, 목구멍에서 꿀꺽꿀꺽 소리를 내며 정말로, 진짜로 다 마셨습니다. 그러고는 실패해서 화가 났기 때문이 아니라, 음주의 달인과도 같은 태도로 빈 술병을 던져버렸습니다. 배를 긁는 일은 깜빡했지만 그 대신 짧고 정확하게 "안녕!" 하고 인간의 언어로 외쳤습니다. 제 감각이 그렇게 하라고 소곤거렸습니다. 그러는 수밖에 달리 도리가 없었습니다. 인간의 언어로 터뜨린 외침은 사람들 사이로 울려 퍼졌습니다. "저거 봐! 원숭이가 말을 해!" 제가 터뜨린 외침이 메아리가 되어 이렇게 울릴 때 저는 땀으로 범벅이 된 제 몸에 누군가가 입맞춤을 해주는 것 같은 기분이 들었습니다.

다시 한번 말씀드립니다만 저는 인간을 흉내 내고 싶은 마음은 없습니다. 저는 단지 출구를 찾기 위해 흉내 냈을 뿐입니다. 다른 이유는 없습니다. 그날의 승리도 별반 도움이 되지는 않았습니다. 금세 목소리를 낼 수 없는 상태로 되돌아갔고, 몇 달이 지난 후에야 다시 목소리를 낼 수 있었습니다. 소주병에 대한 거부감은 심지어 더 강해졌습니다. 하지만 적어도 제가 나아갈 길은 확실히 정해졌습니다.

제가 함부르크에서 처음으로 조련사에게 넘겨졌을 때, 저는 즉각 제게 열린 두 가지 가능성을 알아챘습니다. 동물원이거나 버라이어티쇼 무대였습니다. 저는 주저 없이 저 자신에게 말했습니다. 무슨 수를 써서라도 버라이어티쇼에 가야 해! 그것이 출구야. 동물원은 또 하나의 창살에 갇힌 우리일 뿐, 그곳에 가는 순간 너는 지는 거야!

그래서 저는 공부를 했습니다. 사람은 필요하면 공부를 합니다. 출구를 찾고자 하는 자는 공부를 합니다. 뒤도 돌아보지 않고 공부에 매달립니다. 회초리로 자신을 감독하고, 하기 싫은 마음이 조금이라도 생기면 살을 꼬집어가며 마음을 다잡습니다. 제게 남아 있던 원숭이의 본성은 제 몸에서 빠르게 굴러 나와 사라졌습니다. 제 첫 번째 선생님은 그 과정을 지켜보다 자신이 원숭이처럼 되어버려 곧 수업을 그만두고 정신병원에 입원해야 했습니다. 다행히도 얼마 후에 다시 돌아왔습니다.

하지만 저는 선생님이 많이 필요했습니다. 심지어 한 꺼번에 여러 사람을 쓰기도 했습니다. 저는 제 실력에 자신감이 붙었고, 대중은 제가 진화하는 모습을 지켜보았습니다. 이렇게 제 미래가 빛나기 시작하자 저는 선생님을 직접 채용했습니다. 다섯 분의 선생님을 나란히 붙은 다섯 개의 방에 모시고 저는 끊임없이 이 방에서 저 방으로 뛰어다니며 동시에 다섯 선생님한테 배웠습니다.

일취월장! 지식의 빛줄기가 사방에서 밀려오며 제 머리를 일깨웠습니다. 기뻤습니다. 부정하지 않습니다. 하지만 분명히 밝히건대 그 경험을 과대평가하지도 않았습니다. 오늘날에야 말할 나위도 없고 그 당시에도 결코 과대평가하지 않았습니다. 지금까지 이 지구상에 유례가 없었던 각고의 노력으로 저는 유럽인 평균 수준의 교양을 습득했습니다. 그 사실 자체는 아무것도 아닐지 모릅니다. 그러나 이로써 제가 우리 밖으로 나올 수 있었고, 제게 이 특별한 출구, 이 인간 출구가 생겼다는 점에서 분명 의미 있는 일이었습니다. 은근슬쩍 꽁무니를 뺀다는 말이 있지요. 예, 제가 그랬습니다. 자유를 선택할 수 없다는 사실을 항상 전제하고 있었으므로 제게 다른 길은 없었습니다.

제 진화 과정과 지금까지 달성한 목표를 돌이켜볼 때 아쉬움은 없습니다만, 그렇다고 만족스럽지도 않습니다. 저는 바지 주머니에 손을 찔러 넣기도 하고 와인 병을 테

이불에 놓을 줄도 압니다. 흔들의자에 눕듯이 앉아 창밖을 보기도 하지요. 누가 찾아오면 적절하게 맞이합니다. 제 매니저는 대기실에 있다가 제가 벨을 누르면 달려와 제 지시를 듣습니다. 거의 매일 저녁 공연이 있고, 이제 이보다 더 크게 성공하기는 어려울 것 같습니다. 연회나 학회 또는 즐거운 모임을 마치고 집으로 돌아오면 조련이 덜 된 어린 암컷 침팬지가 기다리고 있습니다. 저는 그 아이와 원숭이 방식으로 편안한 시간을 보냅니다. 낮에는 그 애를 보고 싶지 않습니다. 그 아이의 눈빛에는 조련 때문에 혼란에 빠진 짐승의 정신착란이 보입니다. 그것을 알아볼 수 있는 자는 저뿐이고, 저는 그것을 견딜 수가 없습니다.

아무튼 전체적으로 저는 제가 원했던 것을 얻었습니다. 노력에 비해 성과가 너무 빈약하다고 말할 수는 없습니다. 그리고 저는 인간의 평가를 원하지 않습니다. 저는 단지 지식을 널리 알리고 싶을 뿐입니다. 단지 보고할 뿐입니다. 고매하신 학술원 선생님들께도 그런 의미에서 보고 드렸습니다.

―《유대인》, 1917. 11.

시골 의사

대단히 난처한 상황이었다. 10마일이나 떨어진 마을에서 중환자가 급히 왕진을 청해 왔다. 환자와 나 사이에는 짙은 눈보라가 가로막고 있었다. 내게는 마차가 있다. 가볍고 바퀴가 커서 우리 시골길에 안성맞춤인 마차다. 나는 모피 코트로 무장한 후 왕진 가방을 들었다. 왕진 준비를 마치고 뜰로 나왔으나 말이 없다, 말이! 내 말은 이 엄동설한에 과로한 나머지 어젯밤에 생을 마감했다. 하녀가 말을 빌리러 마을을 이리저리 돌아다니는 중이었다. 가망 없는 노릇일 게 뻔했다. 나는 갈수록 깊게 내려 쌓이는 눈을 맞으며 하릴없이 서 있었다. 몸은 점점 더 얼어만 갔다. 하녀가 등불을 흔들며 대문을 들어서는 모습이 보였다. 혼자였다. 그럼 그렇지! 그 먼 길을 간다는

데 지금 누가 말을 빌려주겠어? 나는 다시 한번 뜰을 가로질러 거닐어 보았으나 아무런 방도도 떠오르지 않았다. 허탈하고 속이 상한 나는 돼지 축사의 문짝을 발길로 걷어찼다. 돼지 축사는 몇 년째 방치되어 있었고 문짝도 이미 다 망가진 상태였다. 문짝은 돌쩌귀에 걸린 채 열렸다 닫히기를 반복했다. 돼지 축사는 온기와 말에서 나는 것 같은 냄새로 가득했다. 흐릿한 등불이 줄에 매달려 흔들리고 있었다. 천장이 낮은 칸막이 방 안에 웅크리고 있던 사내가 얼굴을 들어 보였다. "말을 맬까요?" 푸른 눈의 사내는 네 발로 기어 나오며 이렇게 물었다. 나는 뭐라고 말해야 좋을지 몰라 그저 몸을 숙인 채 축사에 또 무엇이 있는지 살피기만 했다. 하녀가 내 옆에서 "자기 집에 뭐가 있는지 모른다니까요"라고 말했다. 우리 둘은 소리 내어 웃었다. "어이쿠! 왔구나! 어이구, 잘 생겼네!" 마부가 외쳤다. 건장하고 옆구리가 튼실한 말 두 마리가 차례로 축사 안으로 들어왔다. 말의 몸통이 문틀에 꽉 끼었다. 말은 다리를 몸통에 바짝 붙이고 잘생긴 머리를 낙타처럼 숙인 채 몸통을 비틀어 문틀 사이를 비집고 들어왔다. 그러고는 곧 늘씬한 다리로 반듯이 섰다. 몸에서 김이 모락모락 피어올랐다. "저 친구를 도와줘!" 내가 이렇게 말하자 고분고분한 하녀는 얼른 마부에게 마구를 갖다 주었다. 마부는 하녀가 가까이 다가오자마자 그녀를 끌어안더니 자신의 얼굴로 하녀의 얼굴을 덮쳤다. 하녀는 비명을 지르며 내게로 도망쳐왔다. 하녀의 뺨에는 벌건 이빨 자국 두 줄이 선명했다. "네 이놈!" 나는 격분하여 소리쳤다. "맞고 싶은 게냐?" 그러나 나는 곧 그자가 낯선 사람이라는 사실을 깨달았다. 아무도 도와주려 하지 않을 때 어디서 왔는지도 모를 이 사내가 자발적으로 나를 돕고 있었다. 이 사내는 내 속을 뻔히 안다는 듯 내 위협을 대수롭지 않게 여기며 나를 한번 돌아보았을 뿐이다. 그러고는 말에 마구를 채우기 바빴다. "타시죠." 그자가 이렇게 말했을 때는 실제로 만반의 준비가 다 되어 있었다. 나는 이렇게 멋진 마차를 타본 적이 없었다. "말은 내가 몰겠네. 자네는 길을 모르니까." 나는 이렇게 말하며 즐거운 마음으로 마차에 올랐다. "그러시죠. 저는 안 갑니다. 로자와 함께 있을 거예요." 사내가 말했다. "안 돼요!" 로자가 소리치며 집 안으로 달려 들어갔다. 그 순간 로자는 피할 수 없는 자신의 운명을 정확히 예감했던 것이다. 로사가 문에 빗장을 지르느라 사슬이 짤그락거리는 소리가 들리는 듯했다. "철컥" 하고 자물쇠 잠기는 소리도 들은 것 같다. 로자가 여기서 멈추지 않고 사내의 눈에 띄지 않도록 마당과 복도의 등불도 모조리 끄는 모습이 눈앞에 선했다. "자네도 같이 가야겠네. 안 그러면 나도 안 가겠어. 아무리 급할지언정, 나는 저 아이를 마차 값으로 내놓을 생각이 없네." "이랴!" 사내는 이렇게 말하고 손뼉을 쳤다. 그러자 마차는 나무토막이 강물에 휩쓸리듯 내달리기 시작했다. 내 귀에는 여전히 사내의 습격으로 내 집 문이 산산이 부서지는 소리가 들렸다. 이내 요란한 자극이 내 모든 감각 기관을 일정하게 파고들었고, 뭔가 사납게 돌진하는 모습이 내 눈을 가리고, 으르렁거리는 소리가 내 귀를 막았다. 그러나 잠시 그러고 말 뿐 마치 내 집 문 앞에서 바로 환자의 집 문을 연 듯 나는 이미 그곳에 도착해 있었다. 말들은 얌전히 멈춰 섰다. 내리던 눈도 이미 그쳤고 사위는 달빛에 싸여 있었다. 환자의 부모가 다급하게 뛰어나왔다. 환자의 누이가 그 뒤를 따랐다. 그 사람들은 나를 들다시피 마차에서 끌어 내렸다. 두서없이 떠들어대는 그 사람들의 말에서 건질 만한 내용은 아무것도 없었다. 환자의 방 안 공기는 숨이 막힐 지경이었다. 관리하지 않은 벽난로에서 연기가 피어올랐다. 나는 창문을 열어젖히고 싶었지만 환자부터 보았다. 몸이 마른 사내아이가 셔츠도 입지 않은 채 새털로 속을 채운 요 위에 초점 잃은 눈동자를 하고 누워 있었다. 열은 없었고 몸은 차지도 뜨겁지도 않았다. 아이는 몸을 일으켜 내 목에 매달리더니 귀에 대고 속삭였다. "선생님, 저를 죽게 내버려 두세요." 나는 주위를 둘러보았다. 이 말을 들은 사람은 아무도 없었다. 아이의 부모는 몸을 앞으로 기울인 채 내 진단을 기다리고 있었다. 누이가 왕진 가방을 내려놓을 의자를 가지고 왔다. 나는 가방을 열고 도구를 찾았다. 아이는 자신의 요청을 상기시키려는 듯 끊임없이 침대에서 나를 향해 손을 더듬었다. 나는 핀셋을 집어 촛불에 비춰본 후 도로 제자리에 놓았다. '그러지.' 나는 비난하듯 속으로 말했다. '이럴 때 신들이 도와주다니! 없는 말도 보내주고, 급하다고 한 마리 더 보내주고, 게다가 과하게도 마부까지!' 그제야 다시 로자 생각이 났다. 어쩌나? 어떻게 그 애를 구하나? 마부 놈한테 짓눌린 그 애를 어떻게 빼내나? 10마일이나 떨어진 곳에서! 내 마차를 끄는 말들은 제 멋대로인데! 어찌 된 노릇인지 이 말들은 지금 밖에서 창문을 열고 창문 하나에 한 마리씩 머리를 밀어 넣고는 가족의 비명에 아랑곳하지 않고 환자를 바라보고 있다. 나는 말들이 돌아가자고 재촉하기나 한 듯 바로 돌아가야겠다고 생각했다. 그러면서도 환자의 누이가 내 외투를 벗길 때 이를 말리지 않았다. 그 여자는 내가 더워서 정신을 못 차린다고 생각했다. 환자의 아버지는 내게 럼주 한 잔을 주고는 내 어깨를 두드렸다. 아끼는 럼주를 내놓은 행위는 나에 대한 신뢰를 증명하기 위한 행동이었다. 나는 머리를 가로저었다. 이 노인네의 좁은 사고 체계를 생각하니 술을 마시면 비위가 상할 것 같았다. 단지 그런 이유로 나는 술 마시기를 거절했다. 안주인이 침대 옆에 서서 내게 오라고 손짓한다. 나는 그 지시에 따랐고, 말 한 마리가 천장을 향해 "히힝" 하고 크게 울 때 소년의 가슴에 내 머리를 갖다 댔다. 내 젖은 턱수염이 소년의 몸에 닿자 소년은 전율했다. 좀 전에 진단한 대로였다. 즉, 이 아이의 건강 상태는 양호했다. 어머니가 걱정되어 커피를 너무 많이 먹인 탓에 혈색이 좀 안 좋을 뿐 분명 건강했다. 한 대 때려서 침대 밖으로 내쫓으면 딱 좋을 듯싶었다. 나는 천지를 개조하는 사람이 아니므로 아이를 그대로 내버려 두었다. 나는 지역 소속 공의公醫로서 너무 심하다 싶을 정도로 내 의무를 충실히 이행하고 있다. 박봉이지만 가난한 사람들에게는 무상 진료를 해주기도 한다. 게다가 로자까지 챙겨야 하니, 이 환자가 원하는 대로 해주고 나도 죽고 싶었다. 나는 여기서 무엇을 하고 있는가? 이 끝나지 않는 혹한에! 내 말은 죽었고, 마을에서는 아무도 내게 말을 빌려주지 않는다. 우연히 돼지 축사에 말이 나타나지 않았다면 나는 돼지가 끄는 마차 아니, 돈치豚車를 타고 올 판이었다. 이것이 내가 처한 현실이다. 나는 환자 가족에게 묵례로써 돌아갈 의사를 밝혔다. 이 사람들은 내 사정을 전혀 모른다. 알았다 하더라도 믿지 않았을 것이다. 처방전을 쓰는 일은 간단하다. 하지만 일반적으로 사람들과 소통하기는 쉽지 않다. 아무튼 여기서 내 왕진 업무는 끝났다. 또 불필요하게 사람을 부른 경우였다. 나는 이미 이런 일에 익숙했다. 온 동네가 야간 비상벨로 나를 못살게 군다. 게다가 이번에는 로자까지 희생해야 했다. 내 집에서 몇 년째 있는 듯 없는 듯 얌전하게 살고 있는 그 어여쁜 아이를. 이것은 너무 큰 희생이다. 이번만큼은 궤변을 늘어놓아서라도 내 머릿속을 정리해야 한다. 그래야만 내가 이 사람들한테 달려들어 로자를 돌려달라고 윽박지르지 않을 테니까. 이 사람들은 아무리 로자를 돌려주고 싶어도 그럴 수가 없지 않은가. 내가 왕진 가방을 닫고 외투를 달라고 손짓하자 가족이 한자리에 모여 섰다. 아버지는 손에 든 럼주 잔에 코를 가까이 댄 채 냄새를 맡았고, 어머니는 내게 실망한 듯 눈물을 글썽이며 입술을 깨물었다. 참 나, 대체 내게서 뭘 바랐단 말인가? 환자의 누이는 피로 물든 손수건을 흔들어 보였다. 나는 왠지 이 사내 아이가 아프다고 인정할 수도 있을 것 같았다. 내가 아이에게 다가가자 아이는 내가 만병통치 수프라도 가지고 온 양 나를 보며 미소 지었다. 이제 말 두 마리가 모두 울어댄다. 하늘의 뜻에 따라 울음소리로 진찰을 도와주기라도 한다는 듯이. 그런데 이제 보니 아이가 정말로 아팠다. 오른쪽 옆구리 엉덩이 부근에 앞접시만 한 상처가 노천광처럼 아가리를 벌리고 있었다. 장밋빛 살점은 상처 깊숙이 들어갈수록 짙었고 가장자리로 나올수록 옅었는데, 거기에 좁쌀같이 오돌토돌한 입자가 돋아 있었으며 불규칙적으로 피가 맺혀 있었다. 멀리서 봐도 그랬다. 가까이 들여다보면 상태는 더 심각했다. 그 모습을 보고 누군들 놀라지 않으랴! 길이와 굵기가 내 새끼손가락만 한, 머리는 하얗고 몸통은 원래도 분홍색인데 피까지 튀어 더 붉게 보이는 벌레들이 상처 내부에 들러붙은 채 수많은 다리를 움직여 밝은 곳으로 나오려고 꿈틀거리고 있었다. 불쌍한 것! 어떻게 손쓸 방법이 없구나. 나는 네 커다란 상처를 발견했지만, 너는 네 옆구리에 핀 이 꽃으로 인해 죽게 될 것이다. 환자 가족은 내가 일하는 모습을 보고 즐거워했다. 누이가 어머니에게 말했고, 어머니는 아버지에게, 아버지는 몇몇 손님들에게 말했다. 그 손님들은 뒤꿈치를 든 채 두 팔을 벌리고 균형을 잡으며 달빛을 뚫고 열린 문 안으로 걸어 들어왔다. "저 살릴 수 있어요?" 자신의 상처 속 생명체에 너무도 놀란 아이는 흐느끼며 이렇게 속삭였다. 이 구역 사람들이 이렇다. 언제나 의사에게 불가능한 일을 요구한다. 이 사람들은 과거의 신앙을 버렸다. 신부는 집에 들어앉아 미사복을 하나하나 찢어발기는데, 의사는 섬세한 외과의의 손으로 뭐든 다 할 수 있어야 한다. 좋을 대로 하라지! 내가 자청한 일도 아닌데. 나를 신성한 목적에 쓰겠다면 나도 그러라고 할 것이다. 뭘 더 바라겠는가? 나 같은 시골 의사가. 자기 하녀도 못 지킨 주제에! 이제 환자 가족과 촌로들이 와서 내 옷을 벗긴다. 집 앞에 학교 합창단이 와서 선생님의 지휘에 따라 노래를 부른다. 멜로디가 단순하기 짝이 없다.

> "의사의 옷을 벗겨. 그래야 치료를 하지.
> 그래도 아니 하면 의사를 죽여야지.
> 의사일 뿐인걸 뭐. 의사일 뿐인걸 뭐."

탈의 당한 나는 손가락을 턱수염 사이에 넣고 머리를 숙인 채 잠자코 그 사람들을 쳐다보았다. 나는 침착했고 그 사람들보다 체격이 우월했지만 그래봤자 아무런 도움이 되지 않았다. 이 사람들은 내 머리와 발을 잡고 나를 침대로 옮겼다. 그들은 환자 옆에 벽 쪽으로 나를 눕히고 그 방을 나갔다. 문도 닫았다. 노랫소리가 멈추고 구름이 달을 가린다. 침구는 따뜻했고 창문에서 말 머리가 그림자처럼 흔들린다. "있잖아요." 내 귀에 속삭이는 소리가 들렸다. "저는 선생님을 안 믿어요. 어쩌다 보니 여기 오신 거잖아요. 제 발로 온 게 아니라. 선생님 눈알을 후벼 팠으면 속이 다 후련하겠어요." "맞아." 내가 말했다. "이건 모욕이다. 나는 의사야. 나더러 어쩌란 말이니? 내게도 쉬운 일은 아니다. 정말이야." "저더러 그따위 변명이나 듣고 그냥 넘어가라고요? 네, 그래야겠지요. 전 언제나 참아야 하니까. 저는 멋진 상처를 안고 태어났어요. 제가 가진 거라고는 이 상처뿐이라고요." "애야, 뭘 잘못 알고 있구나. 네가 환자들을 다 봤어? 나는 온 동네 환자라는 환자는 다 본 사람이다. 그런 사람으로서 말하는데 네 상처는 그리 심각하지 않아. 도끼를 예각으로 두 번 내리찍어서 생긴 상처일 뿐이야. 다들 허리를 드러내고 있으면서도 숲에서 나는 도끼 소리는 듣지를 못해. 하물며 도끼 다가오는 소리라고 들리겠어?" 내가 말했다. "정말이에요? 아니면 열에 들떠 저를 속이시는 거예요?" "정말이야. 공의의 명예를 걸고 하는 말이니 믿어라." 아이는 그 말을 듣고 잠잠해졌다. 이제 내가 살 길을 찾아야 할 시간이다. 말들은 여전히 제 자리를 지키고 있었다. 나는 얼른 옷과 외투와 가방을 집어 한데 뭉쳤다. 옷을 입느라 시간을 지체할 수는 없었다. 말들이 올 때만큼 빨리 달려준다면 이 침대에서 내 집 침대로 훌쩍 건너뛸 수 있을 것이다. 말 한 마리가 고분고분 창가에서 뒤로 물러섰다. 나는 뭉친 옷가지를 마차를 향해 던졌다. 외투는 너무 멀리 날아가 한쪽 소매만 겨우 갈고리에 걸렸다. 됐어! 나는 말 등에 훌쩍 올라탔다. 헐거워진 가죽끈이 질질 끌렸고 말은 서로 묶인 둥 만 둥 했다. 뒤에서 수레가 마구 흔들리며 끌려왔으며 외투는 맨 뒤에서 눈을 맞으며 따라왔다. "이랴!" 내가 외쳤다. 그러나 말들은 내 맘 같이 움직이지 않았다. 우리는 노인네처럼 느릿느릿 눈 내리는 벌판을 지났다. 우리 뒤로 아이들의 노랫소리가 오래도록 울렸다. 잘못 알고 부르는 다른 노래였다. "환자들은 좋겠네. 의사가 옆에 누워 있으니!"

이런 꼴로 집에 돌아간 적은 한 번도 없었다. 잘나가던 명의名醫는 이제 끝이다. 누가 내 자리를 넘보겠지. 그래 봐야 소용없다. 나를 대신할 수는 없을 테니까. 내 집에서는 그 욕지기 나는 마부 놈이 날뛴다. 로자는 그놈의 제물이 된다. 아, 생각도 하기 싫다! 이 불행한 시대에 한 늙은이가 벌거벗은 몸으로 혹한에 내몰린 채 비현실적인 말이 끄는 현실의 마차를 타고 어슬렁거린다. 내 외투는 마차 뒤에 걸려 있다. 나는 거기까지 손이 닿지 않는다. 그런데도 나돌아다니는 내 환자 중에 그 누구도 손가락 하나 까딱하지 않는다. 속았다! 속은 거다! 잘못 울린 야간 비상벨을 한번 따랐다가 다시는 돌이킬 수 없는 일을 당하고 말았다.

―《신문학》, 1917. 12.

가수 요제피네 혹은
쥐의 족속

우리의 가수 이름은 요제피네
다. 요제피네의 노래를 들어보지 않은 사람은 노래의 힘을
알지 못한다. 그녀의 노래에 마음을 빼앗기지 않는 사람은
없다. 이는 우리 민족이 음악을 즐기지 않는 습성을 고려한
다면 더욱더 높이 평가할 일이다. 우리가 가장 좋아하는 음
악은 조용한 평화다. 우리의 삶은 녹록지 않다. 일상의 근
심을 모두 떨쳐버리고자 할 때도 평소의 일상과 너무 동떨
어진 일, 이를테면 음악 같은 것을 가까이하지는 못한다.
그렇다고 크게 불평하지는 않는다. 그럴 여유도 없다. 우리
에게 당장 필요한 것은 뛰어난 현실 감각이고, 우리는 이
러한 특성을 우리의 가장 큰 장점으로 꼽는다. 설혹, 그럴
리는 만무하지만, 우리가 음악이 주는 행복을 원하게 되더

라도 우리는 평소처럼 약삭빠른 행동에 뒤따르는 미소로써 모든 불행을 잊고자 할 것이다. 하지만 요제피네는 예외다. 그녀는 음악을 사랑하고 전할 줄 안다. 그런 사람은 요제피네뿐이다. 요제피네가 우리 곁을 떠나면 우리 삶에서 음악은 사라진다. 음악 없는 삶이 얼마나 오래 지속될지는 아무도 모른다.

나는 이 음악이라는 것이 도대체 무엇인지 자주 생각해보았다. 우리는 도통 음악을 즐기지 않는다. 그런 우리가 어떻게 요제피네의 노래를 이해할 수 있었을까? 요제피네는 우리가 자신의 노래를 이해한다는 사실을 인정하지 않는다. 그런데 왜 우리는 이해한다고 생각할까? 가장 쉽게 생각할 수 있는 대답은 그 노래가 너무도 아름다워서 아무리 감각이 둔한 사람도 감동할 수밖에 없다는 주장일 것이다. 하지만 이 대답은 만족할 만한 대답이 아니다. 정말로 그렇다면 그 노래에 앞서 일단 특별한 감각이 있어야 하고 그 감각을 계속 유지해야 한다. 그 목구멍에서 우리가 들어본 적도 없고 들을 줄도 모르는 그런 소리가 나올 때 이를 느껴야 하고, 이런 소리를 듣는 귀는 요제피네가 아니면 그 누구도 틔워주지 못한다는 인상을 받아야 한다. 그러나 내 생각에는 이것이야말로 맞지 않는 말이다. 나는 그런 것을 못 느끼겠고 다른 사람도 느끼는 것 같지 않다. 가까운 사람들끼리는 요제피네의 노래에는 특별한 것이 없다고 솔직히 털어놓는다.

그게 노래인가? 음악을 즐기지는 않지만 우리에게도

전해 내려오는 민요가 있다. 옛날에는 우리 민족에게도 노래가 있었다. 전설에도 나온다. 이제 부를 줄 아는 사람이 아무도 없지만 노래는 남아 있다. 다시 말해, 노래가 무엇인지는 우리도 안다. 그런데 요제피네의 예술은 우리가 아는 노래가 아니다. 그렇다면 그게 노래가 맞는가? 혹시 그냥 휘파람 같은 게 아닐까? 휘파람이라면 우리 중에 모르는 사람이 없다. 휘파람은 우리 민족 고유의 예술이다. 아니, 예술이 아니라 독특한 삶의 표현이다. 우리는 누구나 휘파람을 불지만 누구도 예술을 한다고 생각하지 않는다. 우리는 휘파람을 불 때 휘파람 소리에 주의를 기울이지 않는다. 휘파람을 분다는 사실조차 모른다. 우리 중에는 심지어 휘파람이 우리만의 고유한 특성이라는 사실조차 모르는 사람이 적지 않다. 그러니까 요제피네는 노래를 부르는 것이 아니라 단지 휘파람을 불 뿐인지도 모른다. 아니 어쩌면, 적어도 내가 보기에는 그런데, 평범한 휘파람의 한계조차 넘지 못하는지도 모른다. 흙일을 하는 인부들은 하루 종일 일을 하면서도 힘들이지 않고 휘파람을 분다. 그런데 요제피네는 휘파람을 불 힘조차 달리는 것 같다. 이 모든 가정이 맞다면 요제피네의 이른바 예술성은 부정된다. 그러나 만약 그렇다면 요제피네가 지닌 강력한 영향력의 수수께끼부터 풀어야 마땅하다.

요제피네가 하는 일은 단순한 휘파람 불기가 아니다. 꽤 멀리 떨어진 위치에서 들어보면 아니, 아예 이 문제와 관련해서 시험을 해보면, 그러니까 요제피네가 다른 사람들과 동시에 노래를 부르는 가운데 그녀의 목소리를 가려 들어보면, 분명 평범한 휘파람 소리밖에는 들리지 않을 것이다. 기껏해야 그 소리가 섬세하기 때문에 또는 가냘프기 때문에 조금 두드러질 뿐이다. 그러나 요제피네 앞에서 들으면 그것은 단순히 휘파람이 아니다. 요제피네의 예술을 이해하기 위해서는 듣기만 해서는 안 된다. 보기도 해야 된다. 우리가 노상 불어대는 휘파람과 다를 바 없다 하더라도 여기에는 일단 특별한 점이 있는데, 별것 아닌 평범한 일을 하기 위해 진지하게 자세를 잡고 선다는 점이다. 호두를 까는 일은 알다시피 예술이 아니다. 그러므로 즐거움을 준답시고 관객을 모아놓고 그 앞에서 호두를 까는 사람은 아무도 없다. 그럼에도 관객이 좋아한다면 그 행위는 단순한 호두 까기가 아닌 것이다. 달리 말하자면, 호두 까기이긴 한데 우리가 여태 이 예술을 간과했던 것이다. 우리는 이 예술에 아주 능숙하니까. 그런데 이 신인 호두 까기 예술가가 그 예술의 본질을 우리에게 처음으로 보여주었다. 여기서 이 예술가의 호두 까기 실력이 우리들 대다수만 못할 때, 그 영향력은 더욱 커진다.

어쩌면 요제피네의 노래도 이와 유사할 것이다. 우리가 하면 아무도 감탄하지 않는 그 행위를 요제피네가 하면 우리는 요제피네에게 감탄한다. 그건 그렇고 그 행위를 우리가 하면 아무도 감탄하지 않는다는 사실에 대해서는 요제피네도 우리와 생각이 완전히 일치한다. 흔히 있는 일이지만 언젠가 누가 요제피네 앞에서 대중적인 민속 휘파람을 불었다. 나도 그 자리에 있었는데 이 자는 매우 소박하게 불었지만 요제피네에게는 들어주기 힘든 소리였다. 그때 요제피네가 지은 무례하고 거만한 미소를 나는 지금껏 한 번도 본 적이 없었다. 요제피네의 겉모습은 원래 다소곳그 자체다. 우리 민족은 그런 성품을 지닌 여성이 매우 많지만, 그 가운데서도 요제피네는 유난히 다소곳한 여인이다. 그런 요제피네가 그 당시에는 험악해 보이기까지 했다. 다만 요제피네도 눈치가 있는 만큼 곧바로 그 사실을 깨닫고 얼른 표정을 가다듬었다. 아무튼 요제피네는 자신의 예술과 휘파람 사이에 그 어떤 연관성도 인정하지 않는다. 이를 부정하는 사람을 경멸할 뿐이다. 보아하니 요제피네는 이런 사람들에 대해 자신도 모르는 증오심을 품고 있는 것 같다. 이것은 보통 자부심이 아니다. 하기야 반대파도 다른 사람들 못지않게 그녀에게 감탄하지 않는가. 나도 반쯤은 반대파에 속한다. 하지만 요제피네가 원하는 것은 단순한 감탄이 아니다. 요제피네는 정확히 자신이 정한 방식으로 감탄하기를 원한다. 감탄 그 자체는 문제가 아니다. 요제피네 앞에서는 이런 그녀를 이해하게 된다. 반대하는 소리는 멀리서만 나온다. 그녀 앞에서 들으면 지금 그녀 입에서 나오는 소리가 휘파람이 아니라는 사실을 누구나 알게 된다.

휘파람은 우리의 무의식적 습관인 만큼 요제피네의 공연 중에도 객석에서 휘파람을 부는 사람이 있으리라고 생각할 것이다. 공연으로 흥이 날 테니까. 우리도 흥이 나면 휘파람을 분다. 하지만 요제피네의 청중은 그러지 않는다. 객석은 쥐 죽은 듯이 조용하다. 마치 염원했던 평화를 얻었다는 듯이, 우리가 휘파람을 불면 그 평화가 사라진다는 듯이 우리는 침묵한다. 우리의 마음을 사로잡는 것이 요제피네의 노래일까? 혹시 그녀의 가녀린 목소리를 둘러싸고 있는 엄숙하고 고요한 분위기는 아닐까? 언젠가 요제피네가 노래를 부르는 도중에 철없는 어린아이가 천진난만하게 휘파람을 분 일이 있었다. 요제피네가 부르는 노래와 똑같은 곡이었다. 저 앞에는 수없이 연습하고도 여전히 조심스럽게 부는 휘파람, 여기 객석에는 어린아이가 자신도 모르게 불어대는 휘파람. 그 차이를 표현하기란 불가능했다. 그럼에도 우리는 곧바로 쉿! 소리를 내어 훼방꾼을 진압했다. 사실 그럴 필요도 없었다. 그때 요제피네는 두 팔을 벌리고 목을 더는 뺄 수 없으리만치 길게 뺀 채 완전히 몰입하여 승리의 휘파람을 불기 시작했다. 그 아이는 두려움과 부끄러움에 주눅이 들어 스스로 입을 닫고 말았을 것이다.

아무튼 요제피네는 언제나 그렇다. 어떤 사소한 일도, 어떤 우연도, 어떤 반발도, 1층 객석 앞줄에서 나는 딱 소리, 이빨 가는 소리, 조명 장애 등등, 요제피네는 이 모든 사건을 자신이 부르는 노래의 영향력을 끌어올릴 수 있는 절호의 기회라고 생각한다. 요제피네가 말하길 자신은 귀머거리 앞에서 노래한다지 않는가. 열광과 갈채가 없지는 않다. 하지만 요제피네는 우리에게서 자신이 말하는 진정한 이해를 포기한 지 오래다. 그렇기에 모든 방해 요소는 요제피네에게 대단히 요긴한 기회가 된다. 자신의 노래를 침범하는 그 어떤 외부의 공격도 쉽게 싸워 물리칠 수 있으므로 아니, 싸우지 않고 맞서기만 해도 물리칠 수 있으므로, 이 모든 사건은 군중을 일깨우는 데, 그들에게 이해까지는 아니더라도 기대에 찬 존경은 가르치는 데 쓸모가 있다.

소소한 사건이 이럴진대 큰 사건은 어떻겠는가? 우리의 삶은 매우 불안하다. 하루하루가 놀라움과 공포, 희망과 경악의 연속이다. 동료들이 매일 밤낮으로 도와주지 않는다면 이 모든 일을 혼자 견디기란 불가능할 것이다. 동료들이 도와줄 때조차도 힘들 때가 드물지 않다. 때때로 원래 한 사람이 짊어져야 할 부담 때문에 수천의 어깨가 떨리기도 한다. 그럴 때 요제피네는 자신이 나서야 할 때가 왔다고 생각한다. 그리고 그 즉시 나선다. 그 가녀린 여인이. 특히 가슴 아래로 불안감을 자아내도록 몸을 떨면서. 마치 자신의 모든 힘을 노래에 끌어모았다는 듯이. 노래하는 데 직접적으로 쓰이지 않는 자신의 모든 부분에서 온 힘을, 거의 모든 생명력을 짜낸다는 듯이. 자신은 벌거벗겨졌고 체념했다는 듯이. 오로지 착한 영혼들의 보호에 몸을 내맡겼다는 듯이. 이렇게 자신을 완전히 잊은 채 노래에 빠져 있는 동안 한 줄기 차가운 입김이 스치기만 해도 죽을 수 있다는 듯이. 그러나 바로 이런 모습을 보며 우리들 반대파는 이렇게 말하곤 한다. "요제피네는 휘파람도 불 줄 몰라. 노래도 아니고, 이 나라 사람이라면 누구나 불 수 있는 휘파람 소리를 짜내느라 그토록 안간힘을 쓰다니. 노래 얘기는 하지도 말자고." 우리가 보기에는 그렇다. 언제나 그런 느낌을 받는다. 그러나 그 느낌은 이미 말했듯이 금세 사라져 버린다. 청중은 따뜻하게 몸을 맞댄 채 숨죽이며 귀를 기울이고, 이들이 느끼는 감정에 어느새 우리도 빠져든다.

우리 민족은 늘 바쁘게 움직인다. 때때로 특별한 목적도 없이 이리저리 쏘다니기도 한다. 이런 우리 중에 이만한 청중을 모으기 위해 요제피네가 하는 일이라고는 대부분 머리를 뒤로 젖히고 입을 반쯤 벌린 채 눈을 위로 향하는 자세를 취하는 일뿐이다. 이 자세는 요제피네가 노래를 부르려고 한다는 뜻이다. 요제피네는 자신이 원하는 곳이면 어디서든 이런 자세를 취한다. 반드시 앞이 탁 트인 광장이 아니어도 되고, 알려지지 않은 곳, 순간의 기분으로 선택한 장소도 상관없다. 요제피네가 노래를 부르려 한다는 소식은 빠르게 전파되고, 이내 이곳저곳에서 사람들이 줄지어 모여든다. 가끔은 일이 뜻대로 되지 않을 때도 있다. 요제피네는 격앙된 시기에 노래 부르기를 좋아하는데, 이럴 때 우리는 이런저런 걱정거리와 궁핍으로 여기저기 가봐야 할 데가 생긴다. 따라서 아무리 최선을 다해도 요제피네가 원하는 만큼 빨리 모일 수는 없다. 이런 경우 요제피네는 청중도 별로 없는 곳에서 멋지게 폼을 잡은 채 한참을 서 있게 된다. 요제피네는 당연히 화를 내고, 발을 구르고, 아가씨답지 않게 욕설을 내뱉고, 심지어 악을 쓰기까지 한다. 그러나 이런 행동조차 요제피네의 명성에 누를 끼치지는 않는다. 우리는 그녀의 지나친 요구를 좀 낮추려 하기보다 그 수준에 맞추려 애쓴다. 그래서 사람을 보내 청중을 불러 모은다. 물론 요제피네에게는 비밀로 한다. 근처 길가에 안내소를 세우고 사람들에게 빨리 오라고 손짓한다. 이런 일은 청중이 어지간히 모일 때까지 계속된다.

우리는 무엇 때문에 요제피네를 위해 이토록 애를 쓸까? 이 질문은 요제피네의 노래에 대한 질문 못지않게 어려운 질문이며, 이 두 질문은 서로 연관이 있다. 만약 우리 민족이 요제피네의 노래 때문에 그녀에게 무조건 헌신한다고 주장한다면, 이 질문을 지우고 전체를 요제피네의 노래에 대한 질문과 합칠 수 있을 것이다. 그러나 이 주장은 맞지 않다. 우리 민족은 무조건적인 헌신을 모른다. 우리 민족은 무해하지만 약빠른 행동을 무엇보다도 사랑한다. 어린아이 같은 속닥거림, 단지 입술 운동에 지나지 않는, 악의 없는 수다를 사랑하는 이런 민족은 무조건 헌신할 수 없다. 요제피네도 이 사실을 잘 알고 있으며, 이것이 바로 그녀가 연약한 목으로 온 힘을 다해 극복하고자 하는 문제다.

물론 이와 같은 일반적인 평판을 지나치게 밀어붙여서는 안 된다. 이 민족은 분명 요제피네에게 헌신하고 있다. 다만 무조건적인 헌신이 아닐 뿐이다. 이를테면 우리는 요제피네를 조롱하지는 못할 것이다. 솔직히 말해 요제피네를 보면 웃음보를 터뜨리고 싶을 때가 없지 않다. 우리는 원래 잘 웃는 민족이다. 살면서 아무리 힘든 상황에 처하더라도 조용한 웃음은 언제나 우리 곁을 떠나지 않는다. 하지만 요제피네를 보고는 웃지 않는다. 나는 가끔 우리 민족이 요제피네와 우리의 관계를 보호 대상과 보호자의 관계로 이해하는 것 같다는 느낌을 받을 때가 있다. 이 연약한, 보호 본능을 불러일으키는 존재가, 그녀 말에 의하면 노래로 이름난 존재가 이 민족을 믿고 의지하며, 따라서 우리는 그녀를 돌보아야 하는 그런 관계로 이해하는 것 같다. 그 이유는 아무도 모른다. 그러나 그 사실만큼은 명백한 것 같다. 자신을 믿고 의지하는 사람을 비웃을 수는 없다. 그런 행위는 의무를 저버리는 짓이다. 우리 중에 가장 못된 인간들이 요제피네에게 하는 가장 못된 짓이라고는 이따금 "요제피네를 보면 웃음이 사라져"라고 말하는 일뿐이다.

우리 민족은 아버지가 아이를 돌보듯 요제피네를 돌본다. 손을 내미는 아이를 거두는 아버지처럼. 그 손의 의미가 부탁인지 요구인지 가리지 않는다. 우리 민족은 이와 같은 아버지의 의무를 다할 능력이 없다고 말할 수도 있을 것이다. 그러나 사실 우리 민족은 적어도 이 경우만큼은 타의 모범이 될 정도로 의무를 충실히 수행한다. 이 문제와 관련해 민족 전체가 할 수 있는 일을 한 개인이 해내기란 불가능하다. 당연히 민족과 개인의 능력 차이는 엄청나다. 민족은 보호 대상을 따듯하게 가까이 끌어안기만 해도 보호 대상은 충분히 보호받는다고 느낀다. 물론 이런 이야기를 요제피네 앞에서 꺼내는 사람은 아무도 없다. 그랬다면 요제피네는 "너희들의 보호 따위 필요 없어"라고 말할 것이고, 그러면 우리는 '그래, 그래. 너는 보호 따위 필요 없지'라고 생각할 것이다. 그뿐만 아니라 요제피네가 난동을 부릴 때도 정말이지 아무도 반박하지 않는다. 그것은 차라리 어리광이고 어린아이가 고마움을 표현하는 방식이다. 그리고 그런 일을 마음에 두지 않는 태도는 아버지의 방식이다.

그러나 우리 민족과 요제피네의 관계라는 관점에서 볼 때 규명하기 더 어려운 다른 주장도 있다. 요제피네는 앞의 설명과는 정반대의 입장이다. 요제피네는 자신이 이 민족을 지켜주고 있다고 믿는다. 따라서 정치적 또는 경제적으로 어려운 상황에서 우리를 구하는 것은 바로 요제피네의 노래라는 주장이 나온다. 그녀의 노래가 하는 일이 다름 아닌 그 일이라는 주장, 요제피네의 노래가 불행을 몰아내지는 못하더라도 최소한 불행을 견뎌낼 힘을 준다는 주장이다. 물론 요제피네가 이런 말을 하지는 않는다. 요제피네는 원체 말수가 적다. 수다쟁이 국민들 속에서 그녀는 말을 아낀다. 그러나 요제피네의 반짝이는 눈, 꼭 다문 입에서 우리는 그런 생각을 읽어낼 수 있다. 그건 그렇고, 우리 중에 입을 다물 수 있는 사람은 얼마 되지 않는데, 요제피네가 그중 한 사람이다. 안 좋은 뉴스가 들릴 때마다, 어떤 날에는 오보와 일부만 맞는 뉴스가 맞부딪치기도 하지만, 요제피네는 벌떡 일어선다. 평소에는 피곤해서 바닥에 쓰러지면서도 이런 때에는 몸을 일으키고, 목을 빼고, 마치 양치기가 소나기구름이 몰려올 때 양떼를 둘러보듯 자신의 양떼를 둘러본다. 분명 아이들도 거칠고 절제되지 않은 방식으로 비슷하게 요구한다. 그러나 요제피네의 요구는 아이들의 요구처럼 아무런 근거가 없지는 않다. 물론 요제피네는 우리를 구원하지도 않고 우리에게 힘을 주지도 않는다. 이 민족의 구원자인 체하기는 어렵지 않다. 이 민족은 시련에 길들여져 있고, 자신을 돌보지 않으며, 우유부단하지 않고, 죽을 수도 있다는 사실을 잘 알면서도 무모한 행동을 남발하는 분위기 속에서 겉보기에만 겁먹은 모습으로 살아왔다. 그뿐만 아니라 우리 민족은 용감한 만큼 번식력도 강하다. 다시 말하거니와 일이 다 해결된 뒤에 이 민족의 구원자인 체하기는 어렵지 않다. 이 민족은 어떻게든 스스로 구제해왔다. 희생이 따를 때도 있었다. 역사 연구가들은 우리가 어떤 희생을 감수했는지 알고는 놀라 입을 다물지 못한다. 그런데 우리는 일반적으로 역사 연구 자체를 등한시한다. 그러나 우리가 평상시보다 위기에 처했을 때 요제피네의 목소리에 더 열심히 귀를 기울인다는 말은 맞는 말이다. 위협이 코앞에 닥치면 우리는 더 조용해지고, 더 겸손해지고, 요제피네의 대장 놀음에 더 고분고분 따른다. 우리는 기꺼이 모이고 서로 뭉친다. 그 주된 이유는 단합의 계기가 정작 고통의 원인인 핵심 사안과는 동떨어진 일이기 때문이다. 마치 전쟁을 앞두고 다 함께 얼른 평화의 잔을 들이키려는 사람들과도 같다. 아닌 게 아니라 우리는 빨리 잔을 비워야 하는데, 요제피네는 이 사실을 너무 자주 까먹는다. 우리의 모임은 음악회라기보다 민중 집회에 가깝다. 그것도 앞에서 불어대는 가냘픈 휘파람 소리를 제외하면 완전히 적막에 싸인 집회다. 그 시간은 잡담으로 흘려보내기에는 너무도 진지한 시간이다.

그런데 요제피네는 이 정도로는 절대 만족하지 않는다. 요제피네는 한 번도 시원하게 규명되지 않은 자신의 지위 때문에 언제나 신경성 불쾌감에 시달리면서도 자만심에 눈이 멀어 많은 것을 못 보고 지나친다. 심지어 별로 힘들이지 않고도 요제피네가 더 많은 것을 놓치도록 유도할 수도 있다. 그럴 목적으로, 실상은 공익을 위한 목적으로, 아첨꾼의 무리는 활동을 멈추지 않는다. 그러나 요제피네는 민중 집회에서 노래하는 일 자체가 결코 작은 일이 아님에도 단지 곁다리로 한구석에서 무관심 속에 노래하기 위해 자신의 노래를 희생하는 일은 결코 하지 않을 것이다.

그럴 필요도 없다. 요제피네의 예술은 무관심 속에 방치되어 있지 않다. 사실 우리는 딴짓을 하고, 조용히 하는 이유도 노래를 듣기 위해서가 아니다. 어떤 사람은 옆 사람의 모피에 얼굴을 묻은 채 무대는 쳐다보지도 않는다. 그러니까 요제피네 혼자 저 위에서 쓸데없이 무진 애를 쓰는 듯이 보인다. 그럼에도 요제피네의 휘파람에는 뭔가 우리를 파고드는 요소가 있다. 이는 부정할 수 없는 사실이다. 모두가 침묵에 잠겨 있는 곳에서 날아오르는 휘파람 소리는 마치 한 사람 한 사람에게 전하는 민족의 메시지처럼 다가온다. 결정하기 어려운 문제들 가운데서 가늘게 울리는 요제피네의 휘파람 소리는 적대적인 혼란의 세계 한복

판에서 살아가는 우리 민족의 곤궁한 삶을 닮았다. 요제피네는 뜻을 관철한다. 자신의 보잘것없는 목소리, 보잘것없는 연주로 마침내 우리에게 다가오는 길을 연다. 그 생각을 하면 마음이 흐뭇해진다. 만약 우리 중에 진짜 가창 예인이 있어 이와 같은 시기에 공연했다면 우리는 분명 그 사람의 예술을 참고 견디지 못했을 것이고, 그런 쓸데없는 공연을 한마음으로 거부했을 것이다. 우리가 요제피네의 노래를 경청하는 행위는 우리가 그녀의 노래에 반대한다는 사실을 증명하는 행위다. 이 사실을 요제피네가 모르기를 바란다. 요제피네도 분명 짐작은 할 것이다. 아니라면 왜 우리가 그녀의 노래를 경청한다는 사실을 극구 부인하겠는가? 그러면서도 요제피네는 노래 부르기를 멈추지 않으며 노래로써 이러한 추측을 날려버린다.

그러나 요제피네에게 위안이 될 만한 일도 있다. 즉, 우리는 어느 정도는 정말로 그녀의 노래에 귀를 기울인다. 아마도 가창 예인의 노래를 경청할 때와 비슷할 것이다. 요제피네는 가창 예인이 얻는 데 실패했을 효과를 그녀의 보잘것없는 수단으로 얻어낸다. 이는 분명 우리의 삶의 방식과 관계가 있을 것이다.

우리 민족은 청소년기를 모른다. 짧게나마 어린 시절을 보낸 사람도 거의 없다. 어린이에게 특별한 자유와 특별한 보호를 보장해야 한다는 이야기는 때만 되면 어김없이 나온다. 아이들에게 걱정 없이 살 권리, 신나게 뛰어다닐 권리, 놀 권리를 보장하라는 요구를 우리는 언제나 수용하고 권리 보장의 실현을 위해 노력한다. 그런 요구가 나오면 거의 모든 사람들이 마치 그 요구를 인정하지 않으면 무엇을 인정하겠느냐는 듯이 이를 인정한다. 그러나 이러한 요구를 인정하고 이에 부응하기 위해 어떤 시도를 하더라도 머지않아 모든 것이 예전으로 돌아가고 마는 것이 우리의 현실이다. 아이는 걸음마를 떼고 천지 분간을 하게 되면 그 즉시 어른과 마찬가지로 제 앞가림을 해야 한다. 이것이 우리가 살아가는 방식이다. 우리는 경제적인 이유로 여러 곳에 흩어져 산다. 우리가 사는 지역은 너무 넓고, 우리의 적은 너무 많으며, 도처에 널린 위험은 도무지 예측할 수 없다. 우리는 아이들을 생존 투쟁에서 멀리 떼어놓을 수가 없다. 그랬다가는 아이들은 요절하고 말 것이다. 그러나 어린 시절이 없는 이유가 이와 같은 서글픈 사연만은 아니다. 고무적인 사실도 있다. 바로 우리 민족의 번식력이다. 한 세대가 나오기가 무섭게 다른 세대로 교체되므로 한 세대를 구성하는 그 많은 아이들이 어린 시절을 겪을 시간적 여유가 없다. 다른 나라에서는 아이를 세심하게 돌보고, 아이들이 다닐 학교를 짓고, 민족의 미래인 어린이들은 매일 학교에 다닐 것이다. 그 학교에 다니는 아이들은 한참 지나고 보아도 같은 아이들이다. 우리는 학교가 없다. 우리의 경우 한눈에 다 담을 수 없을 만큼 많은 아이들이 대단히 짧은 간격을 두고 한꺼번에 쏟아져 나온다. 아직 휘파람을 배우지 못한 아이들은 즐겁게 옹알거리며, 아직 걸음마를 못 배운 아이들은 몸을 뒤집고 그 압력으로 계속 구르며, 아직 눈을 뜨지 않은 아기들은 서툰 동작으로 모두가 무리를 뚫고 앞으로 내달린다. 이 아이들이 우리 아이들이다! 우리 아이들은 다른 민족의 학교에서 볼 수 있는 아이들처럼 매일 같은 아이들이 아니다. 우리가 보는 아이들은 항상 새로운 아이들이다. 언제나 새로운 아이들. 끝도 없이, 끊임없이 새로운 아이들이다. 아이는 태어나기가 무섭게 아이가 아니다. 그 아이들 뒤로 새 아이들이 여전히 많고 마찬가지로 재빠른 아이들이 기쁨에 들떠 홍조 띤 얼굴을 하고 몰려온다. 다른 민족들이 부러워 마지않을 만큼 흐뭇한 광경이지만, 우리는 우리 아이들에게 진정한 어린 시절을 보장해줄 수가 없다. 그 결과 부수적인 특징이 나타나는데, 우리 민족에게는 분명 완전히 사라지지 않은, 근절되지 않는, 철부지 같은 면이 있다. 간교하지 않은 실용적인 이성이 우리의 가장 큰 장점임에도 때로는 이와 정반대로 참으로 철딱서니 없는 행동을 한다. 어린아이들이 하는 철없는 행동과 조금도 다르지 않다. 순간의 즐거움을 위해 쓸데없는 짓을 하고, 돈을 마구 쓰고, 통 크게 놀고, 경솔하게 행동한다. 우리가 철없는 행동을 하면서 느끼는 즐거움이 이제 더는 어릴 때만큼 강한 힘을 발휘하지는 못하지만, 그 힘 가운데 일부는 분명코 아직까지 살아 있다. 요제피네도 우리의 철부지 같은 행동 덕을 진작부터 보고 있다.

　　그런데 우리 민족은 철부지 같을 뿐만 아니라 어느 정도는 겉늙는다. 우리의 어린 시절과 노년의 상관관계는 다른 민족의 경우와 다르다. 우리는 청소년기가 없다. 우리는 바로 어른이 되고 너무 오래 어른으로 산다. 여기서부터 일종의 피로감과 절망감이 굵은 흔적을 남기며 전체적으로 매우 끈질기고 의지가 강한 우리 민족의 본성을 관통한다. 우리가 음악을 즐기지 않는 습성도 이와 관련이 있을 것이다. 우리는 음악을 즐기기에는 너무 늙었다. 음악이 주는 자극, 그 날아오르는 기운이 우리의 무게를 감당하지 못한다. 우리는 피곤한 손짓으로 음악을 거부한다. 우리는 휘파람에 안주했다. 이따금 부는 짧은 휘파람. 우리에게는 그것이 맞다. 우리 중에도 음악적 재능이 뛰어난 사람이 있을지 모른다. 그러나 있다 하더라도 우리 민족의 특성상 그 사람은 자신의 재능을 펼쳐보기도 전에 억눌렸을 것이다. 반면 요제피네는 자신이 원하는 대로 휘파람을 분다. 요제피네의 표현을 따르자면, 노래를 부른다. 우리는 요제피네의 노래가 거슬리지 않는다. 그 노래는 우리에게 맞는다. 그 노래는 참고 들어줄 만하다. 요제피네의 노래에 음악적인 요소가 있다면 그것은 최소한으로 제한되어 있는 정도다. 음악의 전통은 지키지만, 그것이 털끝만큼도 우리를 부담스럽게 만들지는 않는다.

이런 민족에게 요제피네가 주는 것은 그뿐만이 아니다. 그녀의 음악회에서는, 특히 힘든 시기에 열릴 때는 아주 젊은 청중들만이 가수 요제피네에게 관심을 보인다. 요제피네가 입술을 오므리고 귀여운 앞니 사이로 숨을 내뱉는 모습, 자신이 낸 소리에 감탄하며 이러한 몰입을 이용해 점점 더 난해해지는 새로운 연주에 불을 붙이려 애쓰는 모습을 놀라운 얼굴로 바라보는 사람은 젊은이들뿐이다. 대다수는 자기 자신에게 몰입한다. 이는 분명히 알아볼 수 있는 현상이다. 투쟁과 투쟁 사이의 소중한 휴식 시간에 이 민족은 꿈을 꾼다. 쉴 틈 없이 바쁜 사람이 팔다리의 긴장을 풀고, 민족의 크고 따뜻한 침대에서 마음껏 몸을 쭉 뻗고 눕는 꿈. 그리고 이 꿈속에서 이따금씩 울리는 요제피네의 휘파람 소리. 요제피네는 진주 구르는 소리라고 말하지만 우리는 귀를 찌르는 소리라고 말한다. 어쨌거나 여기는 휘파람 소리가 울리기에 안성맞춤인 자리다. 그 어디에도 이만한 자리는 없다. 음악이 마침내 자신을 기다리는 순간을 만나는 사건과도 같다. 거기에는 애처롭고 짧은 어린 시절의 일부분이 있다. 그 시절에 지녔던, 손에 잡히지는 않지만 분명히 있는, 그리고 결코 사라지지 않는 한 줌의 생기가 있다. 물론 이 모든 사실을 큰 소리로 말하지는 않는다. 조용히, 속삭이듯, 은밀하게, 가끔은 잠긴 목소리로 말한다. 그것은 당연히 휘파람이다. 왜 아니겠는가? 휘파람은 우리 민족의 언어다. 어떤 사람은 평생 휘파람을 불면서 그것이 휘파람인 줄도 모른다. 그러나 여기서는 휘파람이 일상의 족쇄에서 해방되고 잠시나마 우리 자신도 해방시켜준다. 이런 공연을 우리는 당연히 놓치려 하지 않는다.

그러나 이 지점부터 자신이 어려운 시기에 대중에게 힘을 북돋아 주느니 어쩌니 하는 요제피네의 주장까지는 엄청난 괴리가 있다. 물론 일반적인 사람들에게 해당되는 이야기다. 요제피네의 아첨꾼들이 아니라. "제 말이 어떻게 사실이 아닐 수 있겠어요?" 요제피네는 대단히 솔직하고 대담하게 말한다. "아니면 그 먼 길을 달려오는 인파를 어떻게 설명할 수 있겠어요? 그 위험한 상황에서. 그 인파들 때문에 때로는 충분한 위험 방지 조치를 취하지도 못했어요." 맨 마지막에 한 말은 안타깝게도 맞는 말이다. 하지만 그 사건이 요제피네의 명성을 높여줄 만한 일은 아니다. 그런 집회에서 예기치 못한 폭파 사건이 일어났을 때, 그 일로 우리 가운데 몇 사람이 목숨을 잃었을 때, 요제피네는 모든 책임이 자신에게 있음에도, 그녀의 휘파람 소리가 적을 유인했는데도 그녀는 언제나 가장 안전한 자리를 차지하고 있었고, 팬들의 보호를 받으며 소리소문없이 제일 먼저 잽싸게 빠져나갔다. 그러나 이 또한 모두가 다 아는 사실이다. 그럼에도 요제피네가 다음에는 어느 날 어느 곳에서 노래를 부른다고 발표하면 사람들은 또 그곳으로 달려간다. 여기서 요제피네는 거의 법의 효력 범위 밖에 있다고 결론 내릴 수 있다. 요제피네는 무엇이든 자기 마음대로 해도 된다는 이야기가 된다. 설사 요제피네가 민족 전체를 위험에 빠뜨릴지언정 모두가 그녀를 용서할 테니까. 만약 그렇다면 요제피네의 까다로운 요구도 충분히 이해할 수 있다. 그렇다. 이 민족이 그녀에게 준 자유가, 그녀 외에는 그 누구에게도 준 적이 없는, 사실은 법에 저촉되는 이 특별한 선물이 어쩌면 우리가 요제피네의 주장을 시인한다는 고백인지도 모른다. 요제피네에 의하면 우리 민족은 그녀를 이해하지 못한다. 요제피네의 예술을 그저 넋 놓고 바라볼 뿐 그 예술이 우리와는 어울리지 않는다고 느끼며, 그 노래, 요제피네가 하는 그 행위를 두고 거의 필사적인 연주라고 평가하며, 우리와의 실력 차이를 상쇄하려 애쓴다. 그리고 우리가 요제피네의 인격과 요구도 우리의 사법권 밖에 두는 이유는 요제피네의 예술이 우리의 이해력 범위를 벗어나기 때문이라고 요제피네는 주장한다. 그러나 이 주장은 전혀 맞지 않는 말이다. 개별적인 문제와 관련해서는 어쩌면 우리 민족이 요제피네에게 너무 쉽게 항복하는지도 모른다. 그러나 우리는 그 누구에게도 무조건 항복하지 않는다. 요제피네에게도 마찬가지다.

요제피네는 이미 오래전부터, 아마도 예술가의 길로 첫발을 내디딜 때부터 자신의 노래를 배려해 모든 노동을 면제해달라고 요구해왔다. 그녀의 요구는 일용할 양식을 비롯해 우리의 생존 투쟁에 걸린 모든 것을 자신을 대신해 우리 민족 전체가 도맡아 마련해달라는 얘기였다. 요제피네에게 한눈에 반한 사람이라면, 그런 사람도 있었는데, 어떻게 그런 요구를 생각해낼 수 있는지, 매우 드문 요구이므로 그 특이한 사고방식에 놀랄 것이고, 그 요구에는 드러나지 않은 타당성이 있으리라는 결론에 이를 것이다. 그러나 우리 민족은 다른 결론을 내리고 조용히 그 요구를 거절했다. 그리고 이러한 요구의 근거를 반박하는 일도 그다지 어렵지 않았다. 요제피네는 이를테면 힘든 노동이 자신의 목소리를 해친다는 점을 지적했다. 비록 노동에 드는 힘은 노래할 때 비하면 아무것도 아니지만, 노동을 할 경우 다음

공연을 대비해 충분히 쉴 시간이 없고, 완전히 녹초가 된 상태로는 자신의 실력을 최대한 발휘할 수 없다고 설명했다. 우리 민족은 요제피네의 말을 경청한 후 무시했다. 우리는 대단히 쉽게 마음이 움직이는 민족이지만, 마음이 전혀 움직이지 않을 때도 있다. 거절은 때때로 요제피네 자신도 당혹할 만큼 단호하다. 요제피네는 포기하는 듯했다. 필요한 만큼의 노동을 하고 할 수 있는 만큼 노래를 부른다. 그러나 잠깐 그러고 말 뿐 다시 힘을 내 싸우기 시작한다. 싸울 힘은 한없이 많은 것 같다.

여기서 분명한 점은, 요제피네가 얻고자 하는 것은 사실 그녀가 말로써 요구한 내용 그 자체가 아니라는 점이다. 요제피네는 현명하고 노동을 회피하지 않는다. 우리에게 노동 회피란 낯선 개념이다. 우리가 요제피네의 요구를 들어주더라도 요제피네는 예전과 다르게 살지 않을 것이다. 노동이 노래에 어떠한 지장도 주지 않을 것이며, 노동을 하지 않는다 한들 그녀의 노래가 더 좋아지지도 않을 것이다. 그녀가 얻고자 하는 것은 단지 자신의 예술에 대한 공식적이고 분명한, 오랜 시간에 걸쳐 효력을 유지하는, 지금까지 알려진 명성을 훨씬 능가하는 인정이다. 요제피네는 자신이 원하는 것은 무엇이든 다 가질 수 있는 사람 같지만 이것만은 그녀도 손에 넣지 못했다. 어쩌면 요제피네는 애초에 공격 방향을 바꾸었어야 했는지도 모른다. 그녀도 지금은 자신이 무엇을 잘못했는지 알 것이다. 그러나 이제 되돌릴 수는 없다. 되돌아가는 일은 자신을 배신하는 행위다. 이제 요제피네는 이 요구를 계속하든지, 아니면 죽든지 둘 중 한 가지 방법밖에는 없다.

요제피네 말대로 그녀에게 정말로 적이 있었다면 그녀는 손가락 하나 까딱하지 않고 그 싸움을 흥미롭게 지켜봤을 것이다. 그러나 요제피네는 적이 없다. 가끔 그녀에게 반대하는 사람은 있지만 이 싸움에 흥미를 느끼는 사람은 아무도 없다. 왜냐하면 이 경우 우리 민족은 판사와도 같은 냉정한 태도를 취하기 때문이다. 우리가 냉정한 태도를 취하는 경우는 대단히 드물다. 만약 요제피네와 반대파가 싸울 때 어떤 사람이 우리 민족의 냉정한 입장을 환영한다면 이 민족은 언젠가 그 사람에게도 똑같은 태도를 보일 터이므로, 생각만으로도 이런 싸움에 대한 흥미는 깨끗이 사라질 것이다. 요구와 마찬가지로 거절 문제에서도 핵심은 사안 그 자체가 아니다. 핵심은 이 민족이 한 동포를 철저히 배척할 수 있다는 사실이며 평소 이 동포를 아버지와도 같이 아니, 아버지보다 더 헌신적으로 돌보는 민족이기에 그만큼 더 냉정하게 등을 돌릴 수 있다는 점이다.

이 상황이 민족의 문제가 아니라 한 개인의 문제라면 어떨까? 이 사람은 평생을 요제피네에게 양보하며 살아왔는데도 요제피네는 자신의 요구를 들어달라고 끝도 없이 졸라대니 마침내 자신의 양보에 종지부를 찍을 수밖에 없는 상황이라고 생각할 수도 있다. 이 사람은 인간으로서 도를 넘는 양보를 했다. 그 의중에는 언젠가 마땅한 결말을 보여주리라는 확고한 결심이 있었을 것이다. 그렇다. 이 사람이 불필요하게 많은 양보를 하는 데는 분명 사태를 악화시키려는 의도가 있을 것이다. 요제피네의 자만심을 부추겨 끝없이 새로운 요구를 하게 만들고, 마침내 이 최후의 요구 사항을 입에 올리는 실수를 범하도록 유도했을 것이다. 그리고 이 사람은, 이미 오래전부터 계획하고 있던 일이므로, 간단히 최종적인 거절을 단행했을 것이다. 그러나 실상은 이와 전혀 다르다. 이 민족은 그런 책략이 필요 없다. 게다가 이 민족의 요제피네에 대한 숭배는 진심에서 우러나온 것이고 믿을 만한 것이다. 다만 요제피네의 요구가 삼척동자라도 그 결말을 예상할 수 있고, 거리낌 없이 말해줄 수 있을 정도로 과도할 뿐이다. 그럼에도 요제피네가 이 사안을 이해하는 방식에는 위에서 말한 추측들이 작용할 수 있고, 그래서 거절당하는 고통에 쓴맛이 추가될 수 있다.

요제피네가 혹여 그런 추측을 할지언정 그렇다고 싸움을 두려워하지는 않는다. 최근에는 오히려 싸움을 첨예화하기까지 했다. 지금까지는 말로만 싸웠지만 이제 다른 수단을 동원하기 시작했다. 요제피네는 그 방법이 더 효과적이라고 생각하지만 우리 생각에는 요제피네 자신을 더 큰 위험으로 내모는 방법이다.

어떤 사람들은 요제피네가 이토록 집요해진 이유를 그녀 자신이 나이를 먹었다는 사실을 느끼기 때문이라고 생각한다. 목소리에 힘이 빠지고 따라서 지금이 요제피네가 인정을 받기 위한 투쟁을 벌일 마지막 기회이기 때문이라는 이야기다. 하지만 나는 그렇게 생각하지 않는다. 이

○

말이 사실이라면 요제피네는 요제피네가 아니다. 요제피네에게는 나이를 먹는다거나 목소리에 힘이 빠지는 일 따위는 없다. 요제피네가 어떤 요구를 하는 동기는 외적인 문제가 아니라 자신의 머릿속 정연한 논리에 따른 결론이다. 요제피네는 가장 높은 곳에 걸린 월계관을 얻고자 한다. 그 월계관이 조금 낮은 곳에 걸려 있기 때문이 아니라 현재로서는 그곳이 가장 높은 위치기 때문이다. 요제피네에게 그럴 힘이 있다면 그녀는 월계관을 더 높은 곳에 걸 것이다.

요제피네가 외적인 문제를 등한시할지언정 이러한 성품이 비열한 방법을 동원하는 데 걸림돌이 되지는 않는다. 요제피네는 자신에게는 요구할 권리가 있다고 믿고 이에 대해 추호의 의심도 하지 않는다. 그러니 그 권리를 행사하는 데 어떤 방법을 쓰든 무엇이 문제랴? 더구나 요제피네가 보기에 이 세계에서는 점잖은 방법이 통하지 않는다. 어쩌면 이런 이유로 투쟁 영역을 노래에서 다른 영역으로, 자신에게 조금 덜 소중한 영역으로 바꾸었는지도 모른다. 요제피네의 골수팬들이 퍼뜨린 소문에 의하면 요제피네는 드러나지 않은 반대파까지 포함해 이 민족의 모든 계층이 진정한 즐거움을 느낄 수 있는 그런 노래를 부를 자신이 있다고 생각한다. 대중들은 이미 오래전부터 요제피네의 노래에서 즐거움을 느끼고 있다고 주장하지만, 그들이 말하는 즐거움이 아니라 요제피네가 갈망하는 그런 의미의 즐거움을 줄 수 있다는 말이다. 요제피네 자신은 고귀한 가치를 위조할 수 없고 천박한 취향에 아첨할 수도 없으므로 현 상태를 유지하는 수밖에 없다는 말도 덧붙인다. 그러나 노동 면제를 위한 투쟁에서는 사정이 다르다. 이 또한 그녀의 노래를 위한 투쟁이지만 요제피네는 이 투쟁에서 노래라는 값비싼 무기를 직접 사용하지는 않는다. 이러한 정황으로 보건대 요제피네가 사용하는 방법이 어떤 것이든 비열한 방법은 아니다.

　이를테면 요제피네는 우리가 자신의 요구를 수용하지 않을 경우 콜로라투라coloratura, 오페라 아리아에 사용되는 기교적인 장식음를 줄일 생각이라는 소문을 퍼뜨린다. 나는 콜로라투라에 대해 아는 바가 전혀 없고, 요제피네의 노래에서 콜로라투라 같은 것을 알아챈 적도 없다. 그런데 요제피네는 콜로라투라를 줄일 생각이다. 일단 없애지는 않고 줄이기만 하겠다는 말이다. 요제피네는 자신의 협박을 실행에 옮긴 듯한데, 내가 보기에는 이전 공연과 전혀 다를 바가 없다. 대중 전체가 평소와 마찬가지로 귀 기울여 들었지만, 콜로라투라 이야기를 하는 사람은 없었다. 그리고 요제피네의 요구에 대한 결정도 달라지지 않았다. 그런데 요제피네는 때때로 우아한 모습에 못지않은 고상한 생각을 할 줄 안다. 이 점은 부인할 수 없는 사실이다. 이를테면 언젠가 공연이 끝난 후 콜로라투라를 줄인 결정이 대중에게는 너무 가혹하거나 갑작스러운 일이었으리라고 말한 뒤, 다음에는 다시 완전한 콜로라투라를 부르겠노라고 약속한다. 그러나 다음 공연이 끝난 뒤에는 다시 생각을 고쳐먹고 콜로라투라는 이번이 진짜 마지막이며 자신에게 유리한 결정을 내려주기 전에는 두 번 다시 부르지 않겠노라고 선언한다. 대중은 이 모든 선언과 결정과 결정 번복을 다 들어주지만 그 태도는 마치 생각에 잠긴 어른이 어린아이가 재잘거리는 말을 들어줄 때와 다르지 않다. 기본적으로 호의는 있을지 언정 마음을 움직일 여지는 없다.

그러나 요제피네는 물러서지 않는다. 최근에는 이를테면 일하다 발을 다쳤다고 주장했다. 그래서 노래하는 동안 서 있기가 힘들고, 자신은 서서만 노래를 부를 수 있으므로 이제 노래 자체를 줄일 수밖에 없다고 말한다. 요제피네는 다리를 절며 팬들의 부축을 받았지만 그녀가 정말로 다쳤다고 믿는 사람은 아무도 없었다. 요제피네의 몸이 연약하다는 점은 인정하지만, 우리는 노동의 민족이고 요제피네도 그중 한 사람이다. 찰과상을 입을 때마다 다리를 절어야 한다면 온 민족이 평생 절뚝거리며 살아야 할 것이다. 요제피네가 절뚝거리든 말든, 그 애처로운 모습으로 평소보다 더 자주 대중 앞에 나타나든 말든, 대중은 그녀의 노래를 예전과 마찬가지로 고맙게 듣고 그 노래에 매료된다. 공연 시간이 단축되었다는 이유로 크게 동요가 일지도 않는다.

계속 절뚝거릴 수는 없는 노릇이므로 요제피네는 다른 방도를 생각해내야 했고, 지친 척, 의욕이 없는 척, 허약한 척하기로 결정했다. 이제 우리는 음악 공연 외에 연극도 보게 되었다. 팬들이 요제피네의 뒤를 따르며 노래를 불러 달라고 간청하고 애원한다. 요제피네는 노래하고 싶지만 할 수가 없다고 말한다. 팬들은 요제피네를 위로하고, 그녀의 비위를 맞추고, 노래 부를 장소로 미리 물색해둔 곳으로 그녀를 들어 옮기다시피 데려간다. 마침내 요제피네는 눈물을 흘리는 척하며 뜻을 굽힌다. 그러나 노래를 시작하기 위해 마지막 안간힘을 쓰는 듯 기운이 없고, 두 팔은 평소처럼 벌리지 않고 힘없이 늘어뜨린 모습인데, 여기서 청중은 팔이 좀 너무 짧은 것 같다는 인상을 받는다. 요제피네는 이런 모습으로 노래를 시작하려 하지만 뜻대로 되지 않는다. 자기도 모르게 머리를 번쩍 들었기 때문이다. 그 순간 요제피네는 우리 눈앞에서 쓰러진다. 그러나 다시 몸을 일으켜 노래를 부르는데, 내가 듣기에는 평소와 별로 다른 것 같지도 않고, 아마도 미세한 뉘앙스를 느낄 만큼 청각이 발달한 사람이라면 요제피네의 노래에서 평소와 다른 흥분을 감지했을 것이다. 하지만 그 흥분은 사태의 원상회복을 도울 뿐이다. 마지막에 가서는 처음보다 생기가 돌고, 요제피네는 팬들의 도움을 모두 물리치며, 그리고 공손하게 길을 내어주는 군중을 차가운 시선으로 살피며 또렷한 걸음걸이로, 특유의 획 지나가는 듯한 총총걸음으로 사라졌다.

이는 근래에 있었던 일이다. 그러나 가장 최근에 일어난 사건은 요제피네가 노래 부르기로 정한 시간에 나타나지 않은 일이다. 요제피네의 팬들 외에도 많은 사람들이 그녀를 찾아 나섰지만 허사였다. 요제피네는 사라졌다. 그녀가 노래 부르기를 거부한다. 그런 요청조차 받으려 하지 않는다. 이번에는 요제피네가 우리를 완전히 떠난 것이다.

영리한 요제피네가 그런 오산을 하다니! 참으로 이상한 일이었다. 아니, 요제피네는 오산을 한 것이 아니라 우리가 사는 세상에서는 슬픈 운명이라고밖에 말할 수 없는 그런 운명에 의해 내쳐진 것 같다는 생각이 들 정도다. 그녀 스스로 노래를 멀리했고, 사람들의 감정을 통해 얻은 권력을 스스로 파괴했다. 사람을 그토록 모르면서 어떻게 그런 권력을 손에 넣을 수 있었을까? 요제피네는 모습을 감추었고 노래도 부르지 않았다. 그러나 조용한 이 민족은, 실망한 티를 내지 않는 의연한 이 민족은, 겉보기와는 달리 경건하게 내면에 침잠하는 이 민족은, 선물을 주기만 할 뿐 받을 줄 모르는, 요제피네가 주는 선물조차 받을 줄 모르는 이 민족은 변함없이 자신의 길을 갈 뿐이다.

반면 요제피네의 상태는 악화될 수밖에 없다. 머지않아 그녀의 마지막 휘파람 소리가 울리고 정적이 흐르는 시간이 올 것이다. 요제피네는 우리 민족의 영원한 역사 속에 일어난 작은 에피소드이며 우리는 그 에피소드의 상실을 극복할 것이다. 그 일이 우리에게도 쉽지는 않을 것이다. 완전한 침묵 속에 열리는 집회가 또 가능할까? 물론이다. 요제피네 문제에 대해서도 침묵하지 않았던가! 그녀의 휘파람 소리가 우리가 기억하려는 수준보다 확연히 더 크고 활기찼던가? 그나마 요제피네가 살아 있는 동안에는 단순한 기억 이상이었나? 이 민족이 요제피네의 노래를 그토록 높이 평가한 이유는 그런 식으로 기억하면 요제피네의 노래를 잃어버리지 않으리라는 영리한 계산 때문이 아닐까?

그러니까 우리는 아마도 그다지 아쉬워하지 않을 것이다. 그러나 지상의 고통에서 해방된 요제피네는, 그녀의 말에 따르면 이 고통은 선택된 자에게 주어지는 것이지만, 우리 민족의 수많은 영웅들과 하나가 되어 즐거워할 것이고, 머지않아 한 단계 더 높은 구원을 받을 것이며, 역사를 기록하지 않는 우리는 다른 모든 영웅들과 마찬가지로 요제피네 또한 잊고 말 것이다.

—《단식광대》, 1924.

어느 개의 연구

내 삶은 너무도 크게 달라졌다. 그러나 근본적으로는 아무것도 달라진 것이 없다. 지금 돌이켜 생각하면, 내가 우리 종족과 어울려 살던 시절을 떠올려 보면, 나는 우리 종족이 관여하는 일에는 종족의 일원으로서 모두 참여했었다. 그런데 좀 자세히 살펴보니 예전부터 뭔가 썩 맞지 않는 것이 있었다. 나는 어떤 괴리감 같은 것을 느꼈고, 지극히 신성한 종족적 행사가 한참 진행되는 가운데 왠지 불편한 기분이 덮쳤다. 가끔은 가까운 사이에서도 아니, 가끔이 아니라 매우 자주 그랬는데 심지어 좋아하는 동료의 모습조차, 단순히 그 모습조차 달라 보여 나는 충격을 받았고, 당황했고, 어찌할 바를 몰랐고, 절망하기까지 했다. 나는 어떻게든 마음을 진정시키려고 친구들에게 그 이야기를 했고, 친구들이 도와준 덕분에 평정을 되찾았다. 그 후에도 놀라운 사건은 없지 않았지만 대수롭지 않게 여겼고, 대수롭지 않게 내 삶에 수용했다. 그런 사건으로 인해 조금 슬프기도 했고 지치기도 했지만, 그래도 나는 좀 냉정하고, 소극적이고, 겁이 많고, 계산적이기는 해도 전체적으로 보아 온전한 개로 살아갈 수 있었다. 이 회복의 시간이 없었다면 내가 어떻게 이 나이에 이를 수 있었겠는가? 나는 나이를 먹었다는 사실이 기쁘다. 그 시간이 없었다면 내가 어떻게 평온을 찾을 수 있었을까? 나는 평온 속에 젊은 날의 충격을 고찰했고 노년의 충격을 견뎌낸다. 그 시간이 없었다면 나는, 나도 인정하는 바와 같이 열악한 상황에서, 조금 조심스럽게 표현하자면 그다지 좋지 않은 상황에서 어떤 결론을 도출하고 그 결론에 철저히 맞춰 살 수는 없었을 것이다. 나는 무리에서 벗어나 외로이, 가망 없는, 그러나 나로서는 배제할 수 없는 소소한 연구에만 몰두하며 살고 있다. 그러나 멀리서나마 늘 내 종족을 바라보는 눈을 거두지 않고 있으며, 자주 소식을 듣고, 내 편에서도 가끔 소식을 전한다. 그들은 나를 존중하고, 내 삶의 방식을 이해하지는 못할지언정 이를 나쁘게 생각지 않으며, 젊은 개들도, 내 기억에 어린 시절을 암울하게 보내지 않은 신세대도, 그들이 지나가는 모습을 때때로 멀리서 보곤 하는데, 내게 공경의 인사를 거부하지 않는다.

한 가지 간과해서는 안 될 점이 있다. 나는 이미 다 알려진 바와 같이 특이한 개지만, 그렇다고 완전히 별종은 아니다. 개 사회를 잘 생각해보면, 나는 그럴 시간과 흥미와 능력이 있는데, 이 사회는 매우 훌륭한 사회다. 주변에는 개 외에도 다양한 피조물이 있다. 불쌍한 존재, 하찮은 존재, 말 못 하는 존재, 몇 가지 소리밖에 낼 수 없는 존재. 우리 개들 중에는 이들 존재를 연구하고, 그들을 교육하고 개선하는 등의 일을 하는 개가 많다. 나는 그 종자들이 나를 괴롭히지 않는 한 그들에게 전혀 관심이 없다. 나는 어느 종種이 어느 종인지 헷갈리지만 신경 쓰지 않는다. 그런데 그냥 지나치기에는 너무 눈에 띄는 족속이 있다. 그놈들은 우리 개들과 비교하면 정말이지 서로 너무 단합하지 않는다. 서로 마주치더라도 어찌나 서먹하고 무뚝뚝하게, 심지어 적개심까지 품고 지나치는지! 겉으로나마 조금이라도 단합할 때는 오로지 천박하기 짝이 없는 이해관계가 걸려 있을 때뿐이고, 그럴 때조차 증오심과 싸움이 발생하기 일쑤다. 우리 개들은 안 그런다. 우리는 사실상, 오랜 세월이 흐르면서 나타난 세세하고 수많은 차이는 있을지언정, 모두 한 덩어리로 뭉쳐서 산다고 말할 수 있다. 모두 한 덩어리로 뭉쳐서! 우리는 서로에게 다가가고 그 무엇도 우리의 결속을 막지 못한다. 우리의 법과 제도는 모두, 그 가운데 내가 기억하는 것은 몇 안 되고 많은 것을 잊어버렸는데, 우리가 마땅히 누릴 수 있는 행복에서, 함께 사는 따뜻한 삶에 대한 동경에서 비롯한다. 단지 상황이 이와는 반대로 흘렀을 뿐이다. 내가 알기로 어떤 피조물도 우리들 개처럼 널리 흩어져 살지는 않는다. 우리처럼 신분과 성질과 직업을 한눈에 다 파악할 수 없으리만치 다양한 피조물은 없다. 우리는 결속을 원한다. 그리고 열망이 가득한 순간에도 언제나 모든 것을 극복하고 단합할 수 있다. 그런 우리가 서로 멀리 떨어져 산다. 주변에도 개가 이해할 수 없는 특이한 직업에 종사하며 우리의 것이 아닌, 개 사회에 반하는 규정을 고수하며 사는 개가 종종 보인다. 이는 지극히 어려운 문제다. 차라리 건드리지 않는 편이 낫다. 이렇게 주장하는 입장을 나는 이해한다. 내 입장보다 더 잘 이해한다. 그럼에도 나는 이 문제에 완전히 빠져버렸다. 나는 왜 남들처럼 하지 못할까? 내 종족과 사이좋게 지내면서 화합을 방해하는 요인을 묵묵히 받아들이고, 복잡한 계산 중에 나온 작은 실수로 치부하지 못할까? 나는 왜 우리를 행복한 하나로 만들어주는 일만 생각하지 않고, 우리를 종족의 범주에서 끌어내는 일에 거듭 무릎을 꿇을까?

　나는 청소년기에 있었던 어떤 사건을 기억하고 있다. 그 당시 나는 누구나 어린 시절에 경험해보았을, 어떤 설명할 수 없는 즐거운 흥분에 휩싸여 있었다. 그때 나는 아직 어린 강아지였다. 모든 것이 좋았고, 모든 것이 나와 관계가 있다고 생각했다. 나는 내 주위에서 큰일이 벌어지고 있으며 내가 그 일을 지휘한다고, 그 일에 내가 목소리를 내야 한다고 믿었다. 내가 그 일을 위해 달리지 않으면, 그 일을 위해 내 몸을 움직이지 않으면 그 일은 안타깝게도 바닥에 버려질 수밖에 없다고 믿었다. 물론 시간이 흐르면서 사라지는 어린 시절의 환상이었다. 그러나 당시에는 그 환상이 매우 뚜렷했다. 나는 그 환상에 완전히 사로잡혀 있었으며 불길한 예상이 맞았다고 증명이라도 하는 양 특별한 일도 일어났다. 사실 특별한 점은 전혀 없었다. 훗날 나는 그런 일뿐만 아니라 그보다 더 이상한 일도 자주 겪었다. 하지만 그 당시에는 결코 지워지지 않을 것 같은 강한 인상을 받았으며 뒤이어 수많은 사건이 일어날 것 같았다. 나는 작은 개 무리와 마주쳤다. 아니, 마주쳤다기보다 그들이 내 앞에 나타났다. 그 당시 나는 큰일이 일어나리라는 예감을 안고 어둠 속을 달리고 있었다. 그 예감은 물론 착각이었다. 나는 늘 그런 예감을 품고 있었다. 나는 어둠 속을 오래 달렸다. 동서로, 남북으로. 아무것도 보이지도 들리지도 않았다. 단지 알 수 없는 갈망에 이끌려 달릴 뿐이었다. 그러다 갑자기 멈춰 섰다. 마치 그곳이 정확한 지점이라는 듯이. 눈을 들어 보니 주위가 놀라우리만치 환했다. 단지 안개가 약간 서려 있었고, 서로 뒤엉키는, 정신을 몽롱하게 만드는 온갖 냄새로 가득했다. 나는 불분명한 목소리로 그 아침을 맞이했다. 그때, 마치 내가 주문으로 불러내기라도 한 듯이, 어디선가, 어둠 속에서, 내가 한 번도 들어 본 적 없는 깜짝 놀랄만한 소음이 들리는 가운데 개 일곱 마리가 모습을 드러냈다. 내가 그들이 개라는 사실을 똑똑히 알지 않았다면, 그리고 그 소리도 그들이 낸다는 사실을 확인하지 않았다면, 그 소리를 어떻게 냈는지 알 수 없었지만, 나는 즉시 달아났을 것이다. 아무튼 나는 거기 그대로 있었다. 그때까지도 나는 오로지 개 종족만이 지닌 창조적인 음악성을 전혀 모르고 있었다. 나는 관찰력이 늦게 발달한 탓에 자연스럽게 그 재능을 놓쳤지만, 내가 젖먹이일 때부터 내 주변에는 언제나 음악이 있었고, 음악은 내게 당연한, 없어서는 안 될 삶의 구성 요소와도 같았다. 무엇도 그것을 삶의 다른 부분과 구별하라고 내게 강요하지 않았다. 단지 아이의 사고력에 걸맞은 암시를 받았을 뿐이다. 그렇기에 그 훌륭한 일곱 음악가가 더욱더 놀라웠고, 내게는 가히 충격적이었다. 그들은 말을 하지 않았고, 노래를 부르지도 않았다. 그들은 줄곧 완강하게 침묵했다. 그러면서 아무것도 없는 공간에 음악을 만들어내는 마술을 부렸다. 모든 것이 음악이었다. 발을 올리고 내릴 때, 머리를 돌릴 때, 뛸 때, 쉴 때, 자리를 잡고 설 때, 윤무를 하듯 둥글게 붙어서 각자 자기 앞에 선 개의 등에 앞발을 디디고 선 자세를 취하고, 맨 앞에 선 개가 모두의 체중을 지탱할 때, 또는 바닥을 살금살금 기듯 움직이며 몸을 서로 얽어 다양한 형태를 만들지만 조금도 실수하지 않을 때. 다만 맨 끝에 자리 잡은 개만 아직 조금 불안했고, 다른 개와 붙을 때 조금 머뭇거렸으며, 크게 울리는 멜로디에 가끔 흔들렸다. 하지만 워낙 안정적인 다른 개들과 비교하니 불안해 보일 뿐이었고 그보다 훨씬 더 불안정했다 하더라도 아니, 완전히 불안정했다 하더라도 다른 개들이 거장답게 조금도 흔들림 없이 박자를 맞췄으므로 아무 일도 일어나지 않았을 것이다. 그들은 흔히 볼 수 있는 개가 아니었다. 그들 모두 그랬다. 그들이 나타났을 때 나는 마음속으로 개끼리 나누는 인사를

○　　　　　　　　　　　88

했다. 그들이 동반한 소음 때문에 매우 당황했지만, 그래도 그들은 분명 개였다. 너나 나와 다를 바 없는 개. 나는 습관적으로 그들을 관찰했고, 개라고 판단했다. 길에서 흔히 마주치는 개. 나는 그들에게 다가가 인사를 나누고 싶었다. 그들이 매우 가까이에 있기도 했다. 비록 나보다 나이가 훨씬 더 많고, 나처럼 털이 길고 복슬복슬한 종자는 아니었지만, 그렇다고 크기나 모습이 전혀 낯설지는 않았다. 오히려 꽤 익숙했다. 그런 종자 또는 유사한 종자를 나는 많이 알고 있다. 그러나 내가 이런 생각에 빠져 있는 동안 음악은 서서히 감당할 수 없으리만치 커졌고, 나를 제대로 사로잡았으며, 본의 아니게, 온 힘을 다해, 마치 누구에게 맞은 듯 울부짖으며 이 어리디어린 개 한 마리를 휩싸고 돌았다. 나는 사방에서 울리는 음악 외에는 신경 쓸 겨를도 없었다. 음악은 위에서, 밑에서, 도처에서 울리며 나를 가운데로 몰아 위에서 덮쳐 짓눌렀고, 내가 쓰러지자 곧바로 멀어져 아주 가까이에서도 겨우 들릴 정도로만 팡파르를 울렸다. 그리고 나는 풀려났다. 나는 음악을 더 듣기에는 너무 지쳤고, 너무 무너졌고, 너무 약했다. 나는 풀려나서 일곱 마리의 개가 행렬을 만들고 껑충껑충 뛰는 모습을 보았다. 그들의 생김새는 거부감을 불러일으켰지만 나는 그들을 부르고 싶었다. 가르쳐달라고 부탁하고 싶었고, 여기서 대체 무엇을 하고 있는지 묻고 싶었다. 나는 어렸고, 언제든 누구에게든 물어도 된다고 생각했다. 그러나 내가 물을 준비를 하자마자, 이들 일곱 마리의 개들이 친근하게 느껴지자마자 다시 음악이 울렸다. 나는 정신을 잃을 것 같았고, 음악은 마치 나도 이들 음악가의 일원인 양, 사실 나는 그들의 제물에 불과한데도, 내 주위를 빙빙 돌고 나를 이리 내던지고 저리 내던졌다. 아무리 사정해도 소용없었다. 음악은 나를 복잡하게 솟아나 있는 나무 막대기 사이로 밀어 넣었고, 그 덕분에 음악의 직접적인 폭력은 피할 수 있었다. 나무 막대기는 그곳을 빙 둘러 솟아 있었는데, 나는 그제야 그 사실을 알았다. 이제 음악은 나를 꽉 붙잡고 내 머리를 아래로 눌렀다. 그리하여 나는, 밖에서는 여전히 음악이 크게 울리고 있을 테지만, 잠시 숨 돌릴 틈을 얻었다. 이들 일곱 마리의 개를 보고 내가 진정으로 감탄한 부분은 그들의 기예技藝가 아니라 그들의 용기였다. 기예는 내게는 이해 불가한 것이었고 완전히 내 능력 밖의 일이었다. 그들은 자신들이 이룬 결과물에 몸을 완전히 내맡겼고, 자신들이 지닌 힘의 한계 이상으로 버텼지만, 등뼈도 부러지지 않았다. 이제 피난처에서 자세히 보니 그들은 안정적이라기보다는 극도로 긴장한 채 움직였다. 안정적으로 움직이는 것 같은 다리는 한 걸음 내디딜 때마다 두려움으로 끊임없이 움찔했고, 마치 절망적인 상황에 처한 듯 서로가 서로를 멍하니 바라보았다. 그리고 거듭 제어하던 혀는 곧 다시 주둥이 밖으로 축 처졌다. 그들을 그토록 긴장하게 만드는 원인은 실패에 대한 두려움이 아니었다. 그런 일을 감행하는 개는, 그런 일을 할 수 있는 개는 두려움이 있을 수 없다. 그렇다면 저들이 두려워하는 것은 무엇일까? 누가 저들에게 이런 일을 강요할까? 나는 더는 참을 수가 없었다. 더구나 이제 저 개들은 왠지 몰라도 도움이 절실해 보였다. 나는 그 소음을 뚫는 큰 소리로 내 물음을 던지며 당당하게 밖으로 나왔다. 그러나 그들은 이해할 수 없게도, 정말 이해할 수 없게도 대답하지 않았다. 마치 내가 거기 없다는 듯이 행동했다. 개가 부르는데 전혀 응답하지 않는 개들이라니! 어린 강아지부터 노견에 이르기까지 어떤 상황에서도 머뭇거리지 않을 훌륭한 예절을 거스르다니! 혹시 개가 아닌가? 아니, 어떻게 개가 아닐 수 있단 말인가? 더구나 지금 자세히 들어보니 그들이 서로를 부르는 소리도 들린다. 그들은 서로 격려하고, 어려운 동작에 주의를 주고, 실수하지 않도록 경고했다. 심지어 제일 어린 개는, 대부분의 격려와 주의는 이 개가 받았는데, 자주 나를 흘긋 쳐다보기까지 했다. 마치 내게 대답하고 싶은 마음이 간절한 듯했는데, 그래도 참았다. 그러면 안 되기 때문인 것 같았다. 하지만 왜 그러면 안 되는가? 그리고 우리의 법이 언제나 절대적으로 요구하는 사항이 왜 지금은 요구되지 않는가? 여기에 생각이 미치자 나는 음악도 잊었다. 여기 있는 이 개들은 우리의 법을 어겼다. 아무리 위대한 마술사라도 법은 지켜야 한다. 그 사실은 어린 나도 잘 알고 있는 사실이다. 그리고 그 순간부터 나는 더 많은 사실을 알아차렸다. 그들이 침묵하는 이유가 죄책감 때문이라면 그것은 충분한 이유가 된다. 아니라면 어떻게 그런 일을 할 수 있겠는가? 온통 시끄러운 음악 때문에 내가 미처 그 생각을 못 했는데, 그들은 모든 수치심을 내던졌다. 저 가련한 것들이 하는 짓은 가장 우스꽝스러운 동시에 가장 점잖지 못한 짓이 아닌가? 뒷다리로 똑바로 서서 걷다니! 에잇! 재수 없어! 그들은 자신의 몸을 노출하고 알몸을 자랑스럽게 내보였다. 그들은 그 행동을 자랑스러워했고, 잠시 옳은 충동에 따라 앞다리를 내리는 순간 눈에 띄게 놀랐다. 마치 실수라는 듯이, 자연스러운 그 행동이 실수라는 듯이 얼른 다시 다리를 올렸고, 그들의 눈빛은 죄악을 잠시 멈춘 데 대해 용서를 구하는 듯했다. 세상이 돌았나? 여기가 어딘가? 대체 무슨 일이 있었나? 나는 내가 살기 위해 더는 망설일 수 없었다. 나는 내 주위를 둘러싸고 있는 나무 막대기 사이를 뚫고 나와 단번에 훌쩍 뛰어 앞으로 갔다. 나는 그 개들에게 가려고 했다. 어린 학생인 내가 그들의 선생님이 되어야 했다. 그들이 무슨 짓을 하고 있는지 깨우쳐주어야 했다. 더는 죄를 짓지 않도록 말려야 했다. "이봐요, 아저씨들! 이봐요, 아저씨들!" 나는 계속해서 이렇게 외쳤다. 그러나 나무 막대기 숲을 벗어나자마자, 두세 번만 뛰면 그들에게 당도할 때쯤 또다시 나를 꼼짝 못 하게 만드는 그 굉음이 울렸다. 나는 이미 그 소리를 알고 있었으므로 내 열정을 앞세워 그 소리에 저항할 수도 있었다. 어쩌면 그 굉음 한가운데 독자적으로 흐르는 멜로디를 이길 수 있었을지도 모른다. 그 소리는 언제나 엄격하게 똑같이 울리며 아주 먼 곳으로부터 변하지 않고 와 닿았다. 그러나 그 굉음은 끔찍이도 쩌렁쩌렁했고, 그 바람에 나는 무릎을 꿇고 말았다. 아! 저들이 연주하는 음악은 어찌 이다지도 개를 우롱할까? 나는 계속할 수 없었다. 저들을 가르칠 마음이 더는 없었다. 계속 다리를 빌리든 말든, 죄를 짓든 말든, 다른 개들이 죄를 방조하도록 유혹하든 말든, 나는 할 수 없었다. 나는 어린 개일 뿐이다. 누가 나한테 이토록 어려운 일을 요구할 수 있으랴? 나는 몸을 잔뜩 움츠리고 킹킹거렸다. 나중에 저 개들이 내 의견을 물었다면 나는 아마 그들 의견에 동의했을 것이다. 아무튼 그들이 온갖 소음과 빛과 더불어 그들이 나왔던 어둠 속으로 사라지기까지는 오래 걸리지 않았다.

이미 말한 바와 같이 이 사건에는 특별한 점이 전혀 없었다. 오래 살다 보면 이보다 더 놀라운 일도 많으며, 더구나 앞뒤 정황은 따지지도 않고, 게다가 아이의 눈으로 보면 더더욱 놀라운 일도 많다. 그뿐만 아니라, 다른 일과 마찬가지로 이 사건에 대해서도 '잘못 말할' 수 있다. '잘못 말하다'라는 말은 이 경우에 매우 적합한 표현이다. 사실은 일곱 음악가가 고요한 아침에 음악을 연주하기 위해 모였는데, 작은 개 한 마리가 그곳으로 길을 잘못 든 상황이었다. 그놈은 아주 귀찮은 놈이었기에 음악가들은 대단히 놀라운 음악 또는 점잖은 음악으로 내쫓으려 했으나 실패했다. 그놈은 질문으로 음악가들을 방해했다. 낯선 개가 와 있는 상황만으로도 방해를 받은 음악가들이 그놈의 질문에 대답하느라 더 큰 방해를 자초했겠는가? 그리고 누구에게나 대답을 해야 한다고 법으로 정해져 있을지언정 어디서 굴러왔는지도 모를 쪼끄만 개 한 마리가 언급할만한

'누구'이기나 하겠는가? 어쩌면 이들 음악가는 이 개가 하는 말을 전혀 못 알아들었는지도 모른다. 이 개는 질문을 도통 알아들을 수 없게 짖었을 것이다. 아니면 질문을 알아듣고 인내심을 발휘해 대답했으나 음악이라고는 전혀 모르는 이 어린놈이 음악과 대답을 구별하지 못했을 수도 있다. 그리고 뒷다리에 관해 말하자면, 그들이 정말로 뒷다리만으로 걷는다면 이는 죄악이다. 죄악이고말고! 하지만 그들은 자기들끼리 있었다. 일곱 마리의 친한 친구들이 어느 정도 밀폐된 공간에 자기들끼리만 모여 있는 상황이었다. 친구는 대중이 아니다. 그리고 대중이 없는 곳에서 호기심 왕성한 길강아지 한 마리가 대중이 될 수는 없다. 이렇게 보면 아무 일도 없었던 것 같지 않은가? 전혀 아무 일도 없지는 않았지만 그런 것이나 마찬가지였다. 그러니 부모들은 어린 자녀들에게 쏘다니지 말고, 입은 다물고, 어른을 공경하라고 가르치는 편이 나을 것이다.

　이로써 그 사건은 해결되었다. 물론 어른들에게나 해결된 일이지 아이들에게는 그렇지 않다. 나는 여기저기 돌아다니며 그 사건에 대해 이야기하고, 질문하고, 비난하고, 연구했다. 내가 모든 것을 목격한 장소에 누구든 다 데려가려 했고, 누구에게나 내가 있던 위치와 그 일곱 마리의 개들이 있던 위치와 그들이 어디서 어떻게 춤추고 음악을 연주했는지 가리키려 했다. 누군가 나를 밀쳐내고 비웃는 대신 나를 따라왔다면 나는 결백하게 살아온 삶에 오점을 남기는 한이 있더라도 모든 것을 정확히 설명하기 위해 뒷다리로 서보려 했을 것이다. 그러나 개들은 이 어린 개의 행동을 못마땅하게 여겼고, 그래도 모든 것을 용서했다. 그러나 나는 이와 같은 아이다움을 유지하면서 그 상태 그대로 노년에 이르렀다. 물론 지금은 그 사건을 매우 하찮은 일로 생각한다. 그러나 그 당시에는 그 사건에 대해 크게 떠들고, 사건의 구성요소를 분석하고, 내가 속해 있던 사회를 고려하지 않은 채 현장에 있던 개들만 놓고 그 사건을 평가하기를 멈추지 않았다. 나는 다른 개들이 모두 번거롭다고 생각하는 일에만 몰두했고, 다른 개들과는 달리 번거로운 일이기에 쉼 없는 연구를 통해 해결하고자 했으며, 그래야만 하루를 익숙하고 평온하고 행복하게 보내기 위한 일거리로 편하게 눈을 돌릴 수 있었다. 나는 그 후에도 당시와 다름없이 일했고, 물론 아이다움은 줄었지만 큰 차이는 없으며, 앞으로도 멈추지 않을 것이다.

모든 일의 시작은 그날의 음악회였다. 나는 그런 일을 겪었다는 사실이 원망스럽지 않다. 타고난 내 천성 때문이었고, 그 천성은 그 음악회가 아니더라도 다른 기회에 발현되었을 것이다. 다만 너무 이른 나이에 그런 일을 겪었다는 사실이 과거에는 가끔 한탄스러웠다. 그 사건은 내 어린 시절의 상당 부분을 앗아가 버렸다. 어린 개가 누리는 즐거운 삶, 어떤 개들은 몇 년씩 더 오래 즐기기도 한다던데, 내 경우에는 몇 달도 채 되지 않았다. 그렇다는 얘기다. 어린 시절보다 더 중요한 일도 있다. 그리고 열심히 살아온 삶을 통해 노년에 이른 나는 아이다운 참을성을 얻을 확률보다 아이 같은 행복을 누릴 전망이 더 크다. 그러면 참을성도 생긴다.

나는 당시 매우 간단한 문제부터 연구하기 시작했다. 자료는 충분했다. 오히려 연구에 진척이 없어 답답할 때 연구 자료가 너무 많아 절망에 빠지곤 했다. 나는 개 종족이 무엇을 먹고사는지 연구하기 시작했다. 이 문제는 결코 간단한 문제가 아니다. 우리는 태곳적부터 이 문제를 다루어 왔다. 이 문제는 우리의 주된 고찰 대상이고, 이 분야에 대한 수많은 관찰과 실험과 견해가 있다. 이 분야는 개개인의 사고력은 물론 해당 분야 학견學犬들의 사고력을 모두 합친 수준을 능가할 정도로 그 범위가 어마어마하고, 온 종족이 다 달려들어야만 겨우 연구를 진행할 수 있으며, 그나마 전 분야를 다 다루지도 못하고 매번 일부분에만 이미 오래전에 밝혀진 범위에 국한해 그 수준에서 조금씩 힘겹게 연구를 보완해왔다. 내 연구의 애로사항과 충족하기 힘든 전제조건은 말할 나위도 없다. 이 말을 부정할 개는 아무도 없을 것이다. 이 사실은 평균적인 개라면 누구라도 알고 있듯이 나도 잘 알고 있으며, 나는 진정한 학문에 뛰어들 생각이 없다. 나는 학문에 대해 투철한 경외심을 품고 있으며, 누구나 그래야 마땅하다. 그러나 학문에 대한 대중의 경외심을 강화하는 데 필요한 지식과 열정과 평온이 내게는 부족하며, 특히 몇 년 전부터는 식욕도 없다. 나는 목구멍으로 음식을 넘기지만, 그 이전에 체계적인 농학農學적 고찰을 할 필요는 전혀 없다. 이와 관련해서는 지금까지 진행된 연구 결과를 요약한 내용이면 충분하다. 어머니가 아이를 품에서 떼어내 세상으로 내보낼 때 적용하는 간단한 원칙이면 된다. "모든 것을 적셔라! 가능하면 충분히"라는 원칙. 사실 이 말에 모든 것이 다 들어 있지 않은가? 선조 때부터 연구를 계속해왔지만 이 원칙 외에 결정적인 사실이 발견된 적이 있는가? 온통 산발적인 사례 외에는 새로운 사실이 없고 그나마도 대단히 불확실하다. 그러나 이 원칙은 우리가 개인 이상 계속 유지될 것이다. 이 원칙은 우리의 주식主食에 관한 원칙이다. 물론 부식副食도 있다. 그러나 비상시, 그리고 작황이 그리 나쁘지 않은 경우 우리는 이 주식으로 살 수 있다. 우리는 주식을 땅에서 얻고, 땅은 우리의 물이 필요하다. 우리의 물에서 양분을 취한다. 땅은 그것만 받고 우리에게 양식을 준다. 물론 식량 생산은, 이 점 또한 간과해서는 안 될 부분인데 특정한 주문, 노래, 율동을 통해 가속화할 수 있다. 그러나 내 견해에 의하면 이게 다다. 이러한 측면에서 볼 때 이 문제에 대해서는 기본적으로 더 할 말이 없다. 이 점에 대해서는 나도 내 종족 대다수의 의견과 같은 의견이며, 어떤 이단적인 견해도 철저히 거부하는 입장이다. 솔직히 특별한 사실을 주장하거나 내가 옳다고 주장하려는 뜻이 아니다. 나는 내 종족과 의견이 일치하면 기쁘고, 이 경우 의견이 일치했다. 그러나 내가 하는 연구는 방향이 다르다. 우리가 학문이 밝힌 법칙에 따라 땅을 적시고 가꾸면 땅에서 양식이 나온다는 사실은 눈으로 관찰하면 알 수 있다. 땅이 주는 양식의 품질과 양,

양식을 주는 방법과 장소와 시간은 학문적으로 완전히 또는 부분적으로 확인된 법칙과 일치한다. 나는 그 사실을 인정한다. 그러나 내가 알고자 하는 점은 '땅은 이 양식을 어디에서 얻는가?'이다. 대부분은 이 질문을 이해하려 하지 않으며, 기껏해야 "먹을 게 없으면 우리 것을 나눠줄게"라고 대답한다. 이 대답에 주목하라. 개들은 한번 얻은 음식을 남들과 나누려 하지 않는다. 삶은 고달프고 땅은 메마르며 학문으로 얻은 지식은 풍부하지만 실용적인 성과는 보잘것없다. 음식을 가진 개는 그것을 내놓지 않는다. 이는 사리사욕 때문이 아니다. 그 반대다. 이는 개의 법이고 이기심을 극복하고 만장일치로 채택한 종족의 결의다. 왜냐하면 가진 개는 언제나 소수이기 때문이다. 따라서 '먹을 게 없으면 우리 것을 나눠줄게'라는 대답은 언제나 하나의 표현이고, 농담이고, 우롱이다. 나는 그 사실을 잊지 않았다. 그렇기에 내가 온 세상을 돌아다니며 이 질문을 해댈 때 나한테 이런 조롱을 하지 않았다는 사실은 더욱더 높게 평가할 일이다. 물론 개들이 내게 먹을 것을 준 적은 없다. 갑자기 어디서 먹을 것을 구하겠는가? 마침 우연히 먹을 것이 있었을 때도 요동치는 허기 때문에 다른 개에 대한 배려는 모두 잊었다. 그러나 나눠주겠다는 제의는 진심이었으며, 실제로 내가 잽싸게 가로채 조금 언어먹은 적도 가끔 있었다. 어째서 그들은 나를 그토록 특별히 대우하게 되었을까? 어쩌다 나를 보호하고 좋아하게 되었을까? 내가 비쩍 마르고 약한 개라서? 영양 상태가 좋지 않고 먹을 것이 너무 없어서? 하지만 영양 상태가 좋지 않은 개는 많고, 할 수만 있다면 그들이 물고 있는 보잘것없는 음식마저도 빼앗아버린다. 이는 대부분 욕심 때문이 아니라 원칙을 준수하려는 뜻에서 하는 일이다. 그렇다. 그들은 나를 좋아했다. 내가 이 사실을 구체적인 사례를 들어 증명할 수는 없지만 분명히 그런 느낌을 받았다. 내 질문 때문일까? 덕분에 내가 기특해 보였고 그래서 흐뭇했기 때문에? 아니다. 그들은 흐뭇해하지 않았고 모두 어리석은 질문이라고 생각했다. 그럼에도 내가 관심을 받게 된 이유는 오로지 그 질문 덕분이었다. 그들은 내 질문을 참고 견디느니 차라리 내 주둥이를 음식으로 틀어막으려고 했다. 실제로 그러지는 않았지만 그러고 싶어 했다. 그러면 차라리 나를 쫓아버리고 내 질문을 사절하는 편이 더 나았을 텐데, 그들은 그러지 않았다. 내 질문이 듣기 싫었지만 그 질문 때문에 나를 쫓아버리려고 하지는 않았다. 그들이 나를 아무리 비웃고 바보 같은 어린놈 취급을 했을지언정 그때야말로 내가 가장 존중받던 시절이었고, 그 시절은 다시는 돌아오지 않았다. 나는 어디나 들어갈 수 있었고, 아무도 나를 거부하지 않았으며, 다들 겉으로는 거칠게 다루는 척하면서 사실은 내 기분을 맞춰주었다. 이 모든 것은 오로지 내 질문 덕분이었다. 내 조바심과 내 학구열 덕분이었다. 그들은 이런 식으로 내 욕구를 잠재우려 했을까? 폭력을 쓰지 않고 사랑으로 내가 잘못된 길로 가지 않도록 붙잡으려는 생각이었을까? 그들이 폭력을 사용하지 않았다는 점을 생각하면 내 행동이 의심의 여지가 없을 만큼 확실하게 잘못된 행동은 아니었던 것 같다. 또한 폭력 행사에 대한 일종의 경고와 두려움도 이를 막았다. 나는 그 당시에 이미 그 개들의 의도를 어렴풋이 짐작했었고, 오늘날에는 분명히 알고 있으며, 그 개들보다 더 잘 알고 있다. 그들이 나를 꼬여 내가 선택한 길로 가지 않도록 막으려 했던 일은 사실이다. 그러나 그들은 성공하지 못했다. 그 반대의 결과만 얻었다. 내 주의력은 더 예리해졌다. 내가 보기에는 오히려 내가 다른 개를 꼬이려 했고 실제로 어느 정도는 성공했다. 나는 개 종족의 지원에 힘입어 비로소 내 질문을 이해하기 시작했다. 이를테면 내가 땅은 이 양분을 어디에서 얻는가라고 물을 때, 땅이 나와 무슨 상관인가? 땅의 걱정거리가 나와 상관이 있는가? 전혀 그렇지 않다. 그 문제는, 곧 깨달았듯이, 나와는 한참이나 거리가 먼 문제였다. 나는 오로지 개들과 상관있을 뿐이다. 그 외에는 없다. 개 말고 무엇이 있는가? 넓고 황량한 세상에서 내가 개 말고 누구를 부를 수 있는가? 모든 지식, 모든 질문과 모든 대답의 총체는 개들에게 있다. 그 지식을 살릴 수만 있다면! 그것을 세상에 알릴 수만 있다면! 그들이 알고 있는 지식의 양이 그들이 보유하고 있는 수준을, 그들 스스로 안다고 인정하는 수준을 한없이 능가하지만 않는다면! 그러나 수다스럽기 짝이 없는 개도 좋은 먹이를 숨겨놓은 장소보다 더 폐쇄적이다. 알고 싶은 욕망을 억누르지 못해 제 꼬리로 자신을 때리고, 동료 개에게 살금살금 다가가 묻고, 간청하고, 짖고, 이빨로

○

100

물어서 얻어낼 수 있는 정보는 아무런 노력을 하지 않고도 얻을 수 있는 것뿐이다. 자상하게 이야기를 들어주고, 다정하게 몸을 기대고, 조심스럽게 냄새를 맡고, 서로 꼭 끌어안고, 내 울음과 네 울음이 섞여 하나가 되는 이 모든 행동을 통해 그들은 서로 유혹하고, 망각하고, 또 발견한다. 다만 한 가지, 그 무엇보다 간절히 얻고자 하는 것 즉, 지식을 전달받고자 하는 목적은 이루지 못한다. 최선을 다해 유혹하고 간청했을 때, 말없이 간청하든 소리 내어 간청하든, 이에 대한 반응은 기껏해야 무뚝뚝한 표정이나 불신의 눈빛 또는 내리깐 흐릿한 눈뿐이다. 이는 그 당시 어린 내가 음악가 개들을 불렀지만 그들이 침묵했던 경우와 크게 다르지 않다.

이렇게 말할 수도 있을 것이다. "너는 네 동료들이 대단히 중요한 문제에 대해 입을 다문다고 불평을 하고 있어. 너는 그들이 보유한 지식이 그들 스스로 밝힌 것보다 더 많다고 주장하지. 실생활에 활용하는 지식보다 더 많은 지식을 보유하고 있으면서 함구한다고. 그 이유와 비밀까지도. 너는 그들의 이런 태도 때문에 삶이 병든다고 주장하고, 너 자신은 그런 삶을 참고 견딜 수 없다는 입장이야. 그런 삶은 고치거나 버려야 한다고 생각하지. 맞는 말일 수도 있어. 하지만 너 자신도 개야. 너한테도 개의 지식이 있어. 그러니 그걸 밝혀. 질문의 형태가 아니라 답변의 형태로. 네가 그걸 밝힌다는데 누가 말리겠어? 개 종족 전체가 마치 기다렸다는 듯이 합창으로 환영할 거야. 그러면 너도 진리를 얻을 수 있고, 분명한 사실을 확인할 수도 있고, 지식을 수용할 수도 있어. 네가 원하는 만큼. 너는 이 미친한 삶을 덮고 있는 천장에 대해 늘 나쁘게 말해왔어. 이제는 그 천장이 열리고, 모든 개가 한 마리, 한 마리 저 높은 자유의 세상으로 오를 거야. 만에 하나 자유에 도달하지 못한다 하더라도, 지금보다 더 나빠진다 하더라도, 사실을 다 밝히느니 차라리 일부는 덮어두는 편이 더 나았겠다는 생각이 들더라도, 삶을 유지하기 위해서는 침묵하는 개들이 옳았다는 사실이 증명된다 하더라도, 지금 남아 있는 작은 희망이 완전한 절망으로 변한다 하더라도, 그래도 시험 삼아 한번 말해볼 가치는 있어. 너는 네게 허용된 방식대로 살기 싫잖아! 다른 개들이 말을 안 한다고 비난하면서 너는 왜 아무 말도 안 하니?" 대답은 간단하다. 내가 개이기 때문이다. 본질적으로 나도 다른 개와 마찬가지로 폐쇄적이고, 두려움 때문에 나 스스로 던진 물음에 거칠게 저항한다. 솔직히 개 종족이 대답을 하기 때문에 내가 질문하는 줄 아는가? 적어도 내가 성견이 된 이후로는 그러지 않았다. 나는 그들의 대답을 기대할 만큼 어리석지 않다. 우리 삶의 기반을 보면서, 그 깊이를 짐작하며, 건설 현장의 노동자들, 그들이 지은 어두침침한 건축물을 보면서, 내가 아직도 내 질문 때문에 이 모든 일이 중단되고 파괴되고 버려지기를 바라는 줄 아는가? 아니다. 나는 진정 더는 그러기를 바라지 않는다. 나는 그들을 이해한다. 나도 그들과 같은 피를 받고 태어났다. 가련한, 거듭 젊어지는, 거듭 갈망하는 피. 하지만 우리는 피뿐만 아니라 지식도 똑같고, 지식뿐만 아니라 지식을 얻는 해법도 똑같다. 다른 개들 없이는, 그들의 도움 없이는 지식을 얻을 수 없다. 모든 개가 모든 이빨을 동원해 다 같이 물어야만 귀한 골수가 담긴 딱딱한 뼈에 도달할 수 있다. 이는 물론 상상일 뿐이고 과장된 그림이다. 모든 이빨이 물어뜯을 태세를 갖춘다면 뼈는 물 필요도 없이 저절로 열릴 것이고, 아무리 연약한 강아지라도 편하게 골수를 핥을 수 있을 것이다. 이 상상을 계속하자면 내 의도, 내 질문, 내 연구는 아마 무시무시한 일을 목표로 삼을 것이다. 나는 모든 개를 모이라고 강요하고 뼈가 저절로 열리도록 물어뜯을 태세로 위협하라고 명할 것이다. 그런 다음에는 그들을 각자 원하는 대로 살도록 풀어주고 나혼자, 아무도 없이 나 혼자 골수를 핥아먹을 것이다. 무시무시한 이야기이고, 내가 뼈 한 개의 골수뿐만 아니라 종족전체의 골수를 먹으려는 것과도 흡사한 일이다. 그러나 이것은 상상일 뿐이다. 여기서 말하는 골수는 음식이 아니라 독이다.

나는 내 질문으로 나 자신을 들볶을 뿐이다. 나는 내 주변에서 유일하게 대꾸하는 침묵을 통해 고무되고자 한다. 네가 네 연구로 점점 더 많은 개의 주의를 끌듯이, 개 종족이 언제나 침묵하고 앞으로도 침묵하리라는 사실을 너는 얼마나 오래 견딜 수 있을까? 너는 이 상황을 얼마나 오래 견디게 될까? 이것이 내게는 개개의 어떤 질문보다 더 중요한 핵심질문이다. 이 질문은 오직 내게만 던졌을 뿐 다른 그 누구도 이 질문으로 성가시게 만들지 않았다. 미안하지만 나는 개별 질문보다 이 질문에 더 쉽게 대답할 수 있다. 나는 내 삶이 자연스럽게 끝날 때까지 그 대답을 참을 것이다. 노년의 평온은 불안한 질문에 점점 더 강하게 저항한다. 나는 아마도 침묵하며 침묵에 둘러싸여 제법 평화롭게 죽을 것이고, 나는 그 죽음을 초연히 맞이할 것이다. 우리 개들은 놀라우리만치 강한 심장과 조기에 노화되지 않는 폐를 타고났다. 여기에는 마치 어떤 악의가 도사리고 있는 것 같다. 우리는 모든 질문에 저항한다. 자신이 던진 질문에도. 침묵의 방벽, 그것이 우리다.

최근에는 내 삶에 대해 점점 더 깊이 생각하고 내가 범했을지도 모를 오류를 찾으려고, 모든 책임이 귀결되는 결정적인 오류를 찾으려고 헛되이 애쓴다. 나는 분명 그런 오류를 범했을 것이다. 그러지 않았는데도 평생을 바친 성실한 연구로도 원하는 것을 얻지 못했다면 이는 내가 원한 것은 불가능한 것이었고 그 결과 오로지 절망밖에 남지 않는다는 사실을 증명한다. 네 일생의 연구를 보라! 나는 제일 먼저 '땅은 우리에게 주는 양식을 어디에서 얻는가?'라는 문제에 대해 연구했다. 젊은 개가, 당연히 기본적으로 삶의 의욕이 넘치는 개가 모든 쾌락을 포기했다. 나는 모든 향락을 멀리했고, 다리 사이에 머리를 묻은 채 연구했다. 그것은 학견의 연구가 아니었다. 내용도, 방법도, 의도도 학문과 맞지 않았다. 그것은 분명 오류였다. 하지만 결정적인 오류라고는 말할 수 없다. 나는 배움이 짧다. 일찍

이 어머니에게서 떨어져 곧 자립적인 삶에 적응했고, 자유로운 삶을 영위했다. 그러나 너무 이른 자립은 체계적인 공부의 적敵이다. 하지만 나는 많이 보고, 많이 듣고, 종류와 직업이 각양각색인 많은 개를 만났다. 내 생각에 이해력도 나쁘지 않았고, 개별적인 관찰 결과를 종합하는 능력도 꽤 괜찮았다. 이것이 조금은 공부를 대신했다. 그리고 자립심이 공부에는 단점으로 작용하지만, 독자적인 연구에는 분명 장점이 된다. 내 경우 학문의 정통 방식을 따를 수 없었으므로 즉, 선배들의 연구를 이용하고 동료들과 연합할 수 없었으므로 더더욱 자립심이 필요했다. 나는 오로지 나 혼자 해결해야 했다. 맨 처음부터 시작했으며, 내가 우연히 찍게 될 마침표가 분명 최종적인 마침표가 되리라는 생각으로 시작했다. 이런 생각을 하면, 청년이라면 기분이 좋아지겠지만 노년에는 극심한 부담감을 느낀다. 나는 연구할 때 정말로 혼자였을까? 현재에도, 과거에도? 그렇기도 하고 아니기도 하다. 산발적으로나마 나와 같은 상황에 처한 개는 과거에도 없을 수 없었고, 현재에도 없을 수 없다. 그러니 내 처지가 특별히 열악하다고 말할 수는 없다. 내 본성은 개의 본성과 추호도 다를 바가 없다. 모든 개는 나처럼 묻고 싶은 강한 욕구가 있고, 나도 다른 모든 개처럼 침묵하고 싶은 욕구가 있다. 아니라면 내가 내 질문으로 최소한의 동요라도 불러일으킬 수 있었을 것이고, 그들이 동요하는 모습을 황홀한 기분으로, 물론 과장된 황홀감이지만 지켜볼 기회도 많았을 것이고, 그랬다면 나는 더 많은 것을 얻을 수 있었을 것이다. 그리고 내게 침묵하고 싶은 욕구가 있다는 사실은 어떤 증거도 요구하지 않는다. 나는 그러니까 근본적으로 다른 어떤 개와도 다르지 않고, 따라서 온갖 의견 차이와 기본적인 거부감에도 누구나 나를 인정하고 나 또한 다른 어떤 개에게도 이와 다른 태도를 보이지 않는다. 다만 본성을 구성하는 요소의 배합만 다를 뿐이다. 개별적으로는 매우 큰 차이가 있지만 종족 차원에서 보면 아무것도 아니다. 과거와 현재만 두고 볼 때 이 기존의 구성요소가 나와 유사하게 배합된 개는 한 마리도 없었고, 따라서 내 배합은 불행한 사례라고 주장하는 개가 있다 하더라도 그 개가 나보다 훨씬 더 불운할 수도 있지 않은가? 내가 불운한 경우라는 주장은 내가 경험으로 알고 있는 모든 사실과 상반되는 이야기일 것이다. 말하자면, 우리들 개는 대단히 훌륭한 직업을 영위하고 있다. 믿을 만한 소식통에 의한 보도가 없었다면 결코 믿지 않았을 직업들이다. 이에 대한 가장 좋은 예는 공중견空中犬. 주로 여성들이 품에 안고 다니는 체구가 작은 견종일 것이다. 내가 처음으로 공중견 이야기를 들었을 때 나는 웃지 않을 수 없었고, 전혀 믿지 않았다. 뭐? 아주 작은 견종이 있는데, 내 머리보다 클까 말까 하고, 성견이 되어도 더 크지 않는 그런 개인데, 그러니 당연히 허약하고, 작위적으로 생긴 데다 미성숙해 보이고, 게다가 털 손질은 지나치게 꼼꼼한데 제대로 한번 껑충 뛰지도 못할 것 같은 이 개가 주로 높은 공중에서 떠다닌다고? 그것도 이렇다 할 노력도 하지 않고 편히 쉬는 자세로? 말도 안 돼! 그런 이야기를 믿으라고 하는 일은 젊은 개의 고루하지 않은 사고방식을 이용하려는 일이라고 나는 생각했다. 그리고 얼마 후 또 다른 개가 다른 공중견 이야기를 하는 소리를 들었다. 다들 합심해서 나를 놀리려고 이러나? 그러나 그 후 음악가 개들을 보았다. 그 이후로 나는 어떤 일도 그럴 수 있다고 생각했다. 어떤 선입견도 내 이해의 폭을 제한하지 않았고, 나는 아무리 터무니없는 소문을 듣더라도 내가 할수 있는 한 자세히 알아보았다. 이 터무니없는 세상에서는 터무니없는 일이 터무니 있는 일보다 더 그럴듯해 보였고, 내 연구에도 더 유익하다고 생각했다. 공중견도 마찬가지다. 나는 공중견에 대해 다양한 이야기를 들었다. 아직까지 직접 본 적은 없지만, 그 개의 존재는 이미 오래전부터 굳게 믿고 있다. 그 개는 내 세계관에서 중요한 자리를 차지하게 되었다. 대부분 그렇지만 이 문제에서도 특히 내 관심을 끈 점은 공중견의 기예가 아니다. 개들이 공중을 떠다닐 수 있다는 사실은 매우 놀라운 일이다. 누가 부정하겠는가? 이것이 놀라운 일이라는 점에서는 나도 개 종족 전체와 동감이다. 그러나 내게는 이런 터무니없는 일이 존재한다는 사실 그 자체가 훨씬 더 놀라운 일이다. 이 터무니없는 현상이 말없이 존재한다. 일반적으로 이 현상을 규명하려는 시도는 하지 않는다. 개들이 공중에서 떠다닌다. 거기서 끝이다. 삶은 평소대로 계속되고, 때때로 예술과 예술가에 대해 이야기하기도 한다. 그뿐이다. 그 개들은 왜 떠다닐까? 그 직업이 무슨 소용이 있는가? 자애로운 동포들아,

왜 한 마디 설명하는 개가 없는가? 왜 그 개들은 저 위에서 떠다니며 개의 자랑인 다리를 녹슬게 내버려 두는가? 그들은 양식을 주는 땅에서 떨어져 씨를 뿌리지는 않고 거두기만 하면서 개 종족의 희생으로 오히려 더 잘 먹고 있다. 나는 이 문제와 관련해 내 질문으로 약간의 동요를 일으켰다. 그 사실에 대해 나 스스로 뿌듯하게 생각하는데, 개들이 근거를 밝히기 시작한 일이다. 그들은 일종의 규명이라는 것을 짜 맞추려 했다. 시작은 했다. 그러나 시작에서 벗어나지는 못했다. 그래도 그게 어딘가! 여기서 진실이 밝혀지지는 않는다. 거기까지는 절대 이르지 못할 것이다. 그래도 뿌리 깊은, 난무하는 거짓의 일부는 밝힐 수 있다. 우리의 삶에서 일어나는 터무니없는 일들은 모두 그 근거를 밝힐 수 있으며, 심하게 터무니없는 일일수록 더 잘 밝혀진다. 물론 완벽하게 밝힐 수는 없다. 그것은 끔찍한 농담이다. 곤란한 질문에 대처하는 데는 이 정도로도 충분하다. 다시 공중견을 예로 들자면, 그들은 처음에 생각했던 바와 달리 교만하지 않다. 오히려 그들은 누구보다도 동포들의 도움이 필요한 개들이다. 이는 그들의 입장에서 생각해보면 이해할 수 있다. 공중견들은 자신들이 사는 방식에 대해 용서를 구해야 한다. 그러나 공개적으로 용서를 구할 수는 없으므로, 그런 행동은 침묵 의무 위반이 될 테니까, 어떻게든 다른 방법으로 구한다. 아니면 최소한 대중의 관심을 딴 데로 돌려야 한다. 공중견이 사는 방식을 대중이 잊도록 만들어야 한다. 그들은 이 목적을, 들리는 얘기에 의하면, 참고 들어주기 힘들 정도로 심한 수다를 통해 이루려고 한다. 그들은 끊임없이 떠들어야 한다. 그들의 철학적 사유에 대해서도 떠들고, 높은 위치에서 관찰한 내용에 대해서도 떠든다. 그들은 육체적인 노력을 완전히 포기했으므로 철학적 사유를 할 시간은 많다. 그럼에도 그들의 정신력은, 안일하게 사는 개들의 경우 당연한 일이지만, 그다지 뛰어나지 않고, 그들의 철학이나 관찰도 매우 하찮은 것들이어서 학문에 응용할 만한 것을 찾아보기 어렵고, 참고한 내용의 출처도 애처로울 정도로 빈약한데, 그마저도 밝히지 않는다. 그럼에도 공중견이 뭐냐고 물었을 때 그들은 학문에 많은 기여를 한다고 대답하는 개가 드물지 않다. 이렇게 대답하면 "맞아. 하지만 그들이 기여한 것은 쓸모가 없고 성가신 것들이야"라고 대꾸한다. 그 외에는 어깨를 들썩하거나, 관심을 딴 데로 돌리거나, 화를 내거나, 웃고, 잠시 후 다시 물으면 또 공중견들은 학문에 기여한다고 대답한다. 그리고 다음에 또 물으면 짜증을 썩 잘 억제하지 못한 채 똑같이 대답한다. 어쩌면 지나치게 완고한 태도를 버리고 유연한 태도를 취하는 방법도 나쁘지 않을 것이다. 이미 존재하는 공중견의 살 권리를 인정하지는 못할지언정, 이는 불가능한 일이므로, 그래도 용인할 수는 있을 것이다. 그러나 그 이상은 안 된다. 그러면 과도한 요구가 될 것이다. 그런데도 요구를 한다. 끊임없이 새로 나타나는 공중견을 용인하라고 요구한다. 그들이 어디서 오는지는 누구도 정확히 알지 못한다. 번식으로 태어나는가? 그럴 힘이나 있나?

그들은 그저 아름다운 털 뭉치에 지나지 않는다. 여기서 무엇을 번식한다는 말인가? 전혀 가능해 보이지 않는 그 일이 가능하다 할지언정 언제 한단 말인가? 그들은 언제나 혼자 있지 않은가? 저 높은 공중에서 스스로 만족하며. 어쩌다 내려와 걷더라도 아주 짧은 순간에 그치고 만다. 모양낸 걸음걸이로 몇 발짝 뗄 뿐이고, 그럴 때도 철저히 혼자이며, 그들 말에 의하면 그 순간에도 생각에 잠겨 있고, 생각에서 벗어나려고 애를 써도 그럴 수가 없다. 적어도 그렇다고 주장한다. 하지만 그들이 번식하지 않는다면, 방석에 올라앉아 느끼는 안락함과 특별한 기술 때문에 스스로 지상의 삶을 포기하고 저 위의 삭막한 삶을 선택할 개를 생각이나 할 수 있을까? 이는 생각조차 할 수 없는 일이다. 번식도, 자유 의지에 따른 교문도 생각할 수 없다. 그러나 실제로는 거듭 새로운 공중견이 나타나고 있다. 여기서 다음과 같은 결론을 이끌어낼 수 있다. 일단 존재하는 견종은, 아무리 특이한 견종이라 하더라도, 우리 생각에는 극복할 수 없을 것 같은 힘든 고난이 닥칠지언정 결코 멸종하지 않는다. 적어도 쉽게 멸종하지는 않으며, 적어도 하나의 견종으로서 오랜 세월 굳건히 자신을 지킨 후가 아니면 멸종하지 않는다.

하찮고, 겉모습이 극도로 특이하고, 생활력이 없는 공중견 같은 별종에게 이 말이 해당된다면 나와 같은 종자들도 그렇다고 볼 수 있지 않은가? 더구나 내 겉모습은 전혀 특이하지 않다. 주변에서 매우 흔하게 볼 수 있는 평균적인 모습이다. 특별히 잘난 것도 없고 특별히 못난 것도 없지만, 청소년기에는, 그리고 성견이 된 후에도 얼마 동안은, 게으름 피우지 않고 운동을 열심히 하던 시절에는 나도 꽤 예쁜 개였다. 특히 내 앞모습을 많이들 칭송했고, 날씬한 다리와 머리를 든 아름다운 자세, 그리고 끝부분만 동그랗게 말린 회색-흰색-황색의 털을 다들 매우 좋아했다. 하지만 이 모든 특징은 특별한 점이 아니다. 특별한 점은 오직 내 천성이다. 그러나 이 또한, 이 점을 결코 간과해서는 안 되는데, 일반적인 개의 본성으로 규명된 성질이다. 공중견도 혼자가 아니라 넓은 개 세상 여기저기서 이따금 보이고, 심지어 아무것도 없는 허공에서 계속해서 후손을 데려오는바, 그렇다면 나 또한 불운하지 않다는 확신을 갖고 살 수 있다. 물론 나 같은 종자는 특별한 운명을 타고났음이 틀림없다. 그러나 나와 같은 종자가 있다는 사실 자체는 결코 눈에 띄지 않고 도움도 되지 않는다. 무엇보다도 내가 그들을 알아보지 못할 것이기에 더욱 그렇다. 우리는 침묵이 답답한 종자다. 분명 숨이 막혀 침묵을 깨뜨릴 종자다. 다른 종자들은 침묵도 잘 견디는 것 같다. 사실은 겉으로만 그렇게 보일 뿐이다. 음악가 개들처럼. 그들도 편안히 음악을 연주하는 것 같아 보였지만 사실은 매우 긴장하고 있었다. 그러나 겉모습은 완강하다. 대화하고자 시도하지만 그 모습은 어떠한 공격도 조롱할 뿐이다. 그렇다면 나와 같은 족속들은 어떻게 노력하는가? 살기 위해 그들은 어떤 노력을 기울이는가? 그것은 각기 다를 것이다. 나는 젊을 때는 내 질문을 통해 노력했다. 그러니까 내가 질문을 많이 하는 개들과 어울리면 나는 동족이 생긴다. 나는 그러기 위해 한동안 극기하며 노력했다. 극기하며. 왜냐하면 내가 상종하는 개들은 다름 아닌 대답을 할 개들이기 때문이다. 항상 나한테 대답하기 곤란한 질문을 해서 옆으로 새는 개들을 나는 싫어한다. 그런데 어린 개치고 묻기 싫어하는 개가 어디 있는가? 그 많은 질문 중에서 어떻게 옳은 질문을 가려낼 수 있단 말인가? 이 질문이나 저 질문이나 다 똑같이 들린다. 질문의 의도에 따라 달라지는 문제인데, 그 의도는 종종 질문하는 개조차 모른다. 그리고 무엇보다, 질문하는 행위는 개 종족 고유의 특징이다. 모두가 정신없이 질문한다. 마치 옳은 질문의 흔적을 지워버리려는 것 같다. 그렇다. 젊은 개들 즉, 질문하는 개들 사이에서 나는 나와 같은 족속을 발견하지 못했다. 그리고 침묵하는 개들 즉, 지금의 나와 같은 노견들 중에서도 찾아보기 어렵기는 매한가지다. 그런데 질문이 원하는 것은 무엇인가? 나는 질문에 실패했다. 아마도 나와 같은 종자들은 나보다 훨씬 똑똑해서 이 삶을 견뎌내기 위해 전혀 다른 훌륭한 방법을 쓸 것이다. 그 방법은 당연히, 내 생각대로 첨언하자면, 비상시에 소용이 되고, 마음을 진정시켜주고, 안심시켜주고, 변종 작용을 하지만, 대중들 앞에서는 내 방법과 마찬가지로 무용지물이어서 나는 그 방법으로 어떤 성과를 거두리라고는 예상하지 않는다. 그런데 내 동족들은 대체 어디 있는가? 이는 통탄할 일이다. 통탄할 일이고말고. 그들은 어디

○

에 있는가? 어디에나 있는 동시에 아무 데도 없다. 어쩌면 내 이웃일지도 모른다. 그 개는 내 영역에서 세 번만 껑충 뛰면 닿는 곳에 산다. 우리는 자주 서로를 부른다. 그 개는 자주 나한테 건너오지만 나는 가지 않는다. 그 개가 내 동족일까? 모르겠다. 전혀 그런 것 같아 보이지는 않지만 가능하기는 하다. 가능은 하지만 확률이 그보다 더 낮은 일은 없다. 그 개가 멀리 있으면 나는 심심풀이로 온갖 상상력을 동원해 그 개한테서 의심스러울 정도로 나한테 잘해주는 면모를 발견하곤 한다. 하지만 그 개가 내 앞에 있으면 내 상상은 모두 웃음거리일 뿐이다. 내 키는 평균이 될까 말까 한데 그 개는 나보다 조금 더 작고, 짧은 갈색 털에 머리는 힘없이 숙인 채 느릿느릿 걷는 노견이다. 게다가 왼쪽 뒷다리를 어떤 질병의 후유증으로 조금 끈다. 나는 매우 오랫동안 그 어떤 개하고도 그 개만큼 친하게 지내지 않았다. 내가 그 개를 그럭저럭 참고 봐줄 수 있어서 다행이다. 그 개가 내게서 돌아갈 때면 나는 그 개 뒤로 무척이나 다정한 인사말을 소리 높여 외친다. 물론 애틋한 마음에서가 아니고 나 자신에게 화가 나서 하는 짓이다. 왜냐하면 나는, 내가 그 개 뒤를 쫓아가 보면, 질질 끄는 발과 축 늘어뜨린 엉덩이를 하고 사라지는 모습이 추하다고 생각하기 때문이다. 때로는 내가 그 개를 상상 속에서 동족이라고 부른 일을 스스로 조롱하려고 그러는 것 같다. 우리의 대화에서도 그 개가 내 동족이라는 사실을 알 만한 내용은 없었다. 그는 영리하고 이곳 수준으로 볼 때 교양 수준도 꽤 높다. 내가 배울 점이 많을 것이다. 그런데 내가 찾는 것이 영리함과 교양인가? 우리는 보통 지역적인 문제에 대해 이야기하는데, 그때 나는, 외톨이로 사는 내 시야가 넓어지고 보통개 한 마리가 자기 삶을 어렵사리 유지해나가며 일상의 큰 위험에 대비해 평균적으로 그다지 심각한 상황은 아니더라도 자신을 보호하는 데 얼마나 많은 지적 능력이 필요한지 알고는 놀란다. 학문은 규칙을 제공하지만 그 규칙의 대략적인 핵심을 피상적으로나마 이해하기는 쉬운 일이 아니며, 이해했다 하더라도 진짜 어려운 과제는 이제부터 시작인데 그것은 바로 그 규칙을 현지 사정에 적용하는 일이다. 이때는 누구도 도와주지 않는다. 거의 매시간 새 과제가 생기고, 땅뙈기마다 과제가 다 다르다. 즉, 개는 오랜 기간 어딘가에 적응했고, 개의 삶은 어느 정도 저절로 돌아간다고 그 누구도 자기 자신에 빗대어 주장할 수는 없다. 하루하루 욕망이 줄어드는 나조차도 그럴 수 없다. 그런데 이 모든 끝나지 않는 노력은 무엇을 위한 일인가? 여전히 침묵 속에 숨어서 그 누구에 의해서도 절대 끌려 나오지 않기 위한 일이 아닌가! 흔히 개 종족의 여러 시대에 걸친 보편적인 진보를 찬양하는데, 이때 진보는 주로 학문의 발전을 의미한다. 물론 학문은 앞으로 나아간다. 이는 막을 수 없는 일이다. 심지어 가속도도 붙는다. 점점 더 빠르게 나아간다. 그런데 여기에 찬양할 일이 뭐가 있는가? 이는 마치 어떤 개가 시간이 흐르면서 점점 늙고, 그 결과 점점 더 빨리 죽음에 가까이 다가간다는 이유로 그 개를 찬양하는 일과도 같다. 내 눈에는 쇠퇴만 보인다. 이전 세대의 본성이 더 좋았다는 말이 아니다. 그들은 단지 더 젊었을 뿐이다. 이는 그들의 큰 장점이다. 그들의 기억력은 오늘날처럼 과도한 부담을 느끼지 않았다. 그들에게 말을 시키기는 더 쉬웠다. 비록 말을 시키는 데 실패했다 하더라도 성공할 가능성은 지금보다 더 컸으며, 이 더 큰 가능성이야말로 우리가 그 오랜, 하지만 사실 단조로운 역사를 들을 때 우리를 그토록 흥분하게 만드는 요소이다. 이따금 암시적인 말만 듣고도 우리는 뛰어오를 듯이 흥분한다. 마치 우리가 지고 있는 수백 년의 무게가 느껴지지 않는다는 듯이. 아니다. 내가 내 시대의 어떤 부분에 반대할지언정 이전 세대가 그 이후의 세대보다 뛰어나지는 않았다. 어떤 의미에서는 오히려 이후 세대보다 못했으며 더 약했다. 그 당시에도 기적이 거리를 활보하다 누군가에게 붙잡히지는 않았다. 그러나 개들이, 달리 표현할 방도가 없는데, 오늘날만큼 개다운 적은 한 번도 없었다. 개 사회의 조직은 느슨했다. 그리고 그 당시에도 옳은 소리로 관여할 수 있었을 것이다. 구조를 정하고, 바로잡고, 각자의 희망에 따라 고치고, 반대로 돌릴 수 있었을 것이다. 그리고 그 옳은 소리는 거기 있었다. 적어도 가까이에 있었다. 혀끝에서 맴돌았고, 누구나 들을 수 있었다. 오늘날 그 소리는 어디로 갔는가? 지금은 장(腸) 속을 헤적여도 찾지 못할 것이다. 어쩌면 우리 세대가 불운한지도 모르겠다. 그러나 우리 세대는 그 당시 세대보다 더 순진하다. 나는 우리 세대의 머뭇거림을 이해한다.

그것은 머뭇거림이 아니라, 천 일 전날 밤에 꾼 꿈을 천 번째로 잊어버린 현상이다. 누가 이 천 번째 망각 때문에 우리에게 성을 내겠는가? 나는 우리 선조의 머뭇거림도 이해할 수 있을 것 같다. 아마 우리도 다르게 행동하지 않았을 것이다. 나는 우리에게, 우리는 다른 개가 어둡게 만든 세상에서 무고한 침묵 속에 죽음을 향해 달려갈 수도 있다고 말하고 싶다. 우리의 선조들이 길에서 벗어났을 때도 그들이 영원히 헤매리라고는 생각지 않았을 것이다. 그들은 지름길도 보았고 언제든 쉽게 돌아갈 수 있었다. 그들이 돌아가기를 머뭇거린 이유는 오로지 개의 삶을 잠시 더 즐기고 싶었기 때문이다. 그 삶은 전형적인 개의 삶이 아니었고 홀릴 듯 아름다워 보였다. 나중에 어떻게야 되겠는가? 적어도 아주 잠깐 뒤에야? 이리하여 그들은 계속 헤맸다. 그들은 우리가 역사의 흐름을 고찰할 때 알 수 있는 사실을 몰랐다. 즉, 영혼이 생명보다 더 먼저 변한다는 사실을 그들은 몰랐다. 그리고 그들이 개의 삶을 즐기기 시작했을 때는 이미 그들의 영혼이 상당히 늙은 상태였으며, 그들이 있는 지점이 더는 자신들이 생각하는 만큼 또는 온갖 향락을 탐닉하는 눈에 비친 만큼 출발 지점에서 가까운 곳이 아니라는 사실을 알지 못했다. 오늘날 누가 젊음을 말할 수 있는가? 선조들은 애초에 젊은 개였다. 그러나 그들의 공명심은 안타깝게도, 그 이후의 모든 세대가 증명하듯이, 그리고 마지막 세대인 우리가 가장 잘 증명하듯이, 늙은 개가 되는 길을 선택했다.

물론 이런 이야기를 내 이웃에게 하지는 않는다. 하지만 내가 그 전형적인 노견과 마주 앉아 있을 때면 또는 빠져나간 털의 냄새가 남아 있는 그의 모피에 내 코를 박을 때면 이 문제에 대해 생각하지 않을 수 없다. 그 개와 이 문제를 논하는 일은 의미 없는 일이다. 다른 어느 개와도 마찬가지일 것이다. 나는 그 대화가 어떻게 흘러갈지 알고 있다. 가끔 가벼운 이의를 제기하다 결국은 동의할 것이다. 동의는 최상의 무기다. 그리고 그 문제는 묻히고 말 것이다. 그러니 애당초 그 문제를 꺼내려 애쓸 필요가 있겠는가? 아무튼 그 이웃 개와는 말을 뛰어넘어 공감하는 점이 있는지도 모른다. 이에 대해서는 아무런 증거도 없고, 어쩌면 내가 착각하고 있는지도 모른다. 그래도 나는 이 주장을 그만둘 수 없다. 왜냐하면 그 개는 오랜 세월 유일하게 나와 교유하는 개이고, 따라서 나는 그 개에게 의지할 수밖에 없기 때문이다. '너 혹시 나름 나와 같은 종자라고 생각하니? 그런데 모든 일이 실패로 끝나서 부끄러운 거야? 봐! 나도 마찬가지야. 나 혼자 있을 때면 그 생각을 하며 흐느껴 울기도 해. 이리 와! 둘이 있으니 이렇게 좋잖아.' 나는 때때로 이렇게 생각하며 그 개를 빤히 쳐다본다. 그 개는 시선을 떨어뜨리지는 않지만 그의 눈빛에서 알 수 있는 것은 아무것도 없다. 멍하니 나를 쳐다볼 뿐이고, 내가 왜 대화를 멈추고 침묵하는지 의아해한다. 하지만 바로 이 눈빛이 그 개가 질문하는 방식인지도 모른다. 그러므로 나는 그 개를 실망시킨다. 그가 나를 실망시키듯이. 젊을 때였다면 그 당시 내게 이보다 중요한 문제가 없었을 테고, 나 혼자서 충분히 만족할 수 없었다면 나는 그에게 큰 소리로 물었을 것이고, 힘 빠진 동의를, 그러니까 침묵하는 지금보다 못한 동의를 얻어냈을 것이다. 하지만 누구나 다 침묵하지 않는가? 모두를 내 동지라고 생각하지 않을 이유가 있는가? 여기저기 연구하는 동지가 있다고 믿지 않을 이유가 없다. 연구 성과가 너무 빈약해 묻히고 잊힌, 그래서 어두운 역사를 통해서는 또는 현재의 군중 속에서는 결코 찾을 수 없는 동지들. 오히려 애초부터 매사에 내 동지가 있었는지도 모른다. 모두 각자의 방식으로 노력하고 각자의 방법으로 아무런 성과도 거두지 못한 동지들. 그들은 가망 없는 연구 결과가 미친 영향으로 모두 침묵하거나 각자의 방식에 따라 간교하게 떠들어댈 것이다. 그렇다면 나도 다른 개들을 멀리할 필요가 전혀 없었을 것이다. 나는 다른 개들과 편하게 어울릴 수 있었을 것이고, 버릇없는 아이가 어른들을 밀치고 나오듯 그 사회에서 빠져나오지 않아도 되었을 것이다. 그들도 나와 마찬가지로 빠져나오고 싶어 하지만, 그들의 판단력은 그들에게 아무도 빠져나갈 수 없으니 밀치는 행동은 어리석은 짓이라고 말하며 나를 혼란에 빠뜨린다.

　이런 생각은 분명 내 이웃의 영향이다. 그는 나를 혼란스럽게 만든다. 나를 울적하게 만든다. 그러면서 자신은 매우 명랑하다. 적어도 자기 영역에 있을 때면 크게 떠들고 노래 부르는 소리도 들린다. 성가실 정도다. 이 마지막 교유조차도 포기하는 편이 좋겠다. 아무리 정서가 메마른 개도 다른 개와 교유할 때면 어쩔 수 없이 막연한 백일몽에 빠지게 된다. 그러느니 얼마 되지 않는 내 시간을 연구에만 쏟는 편이 나을 것 같다. 그 개가 다음에 찾아오면 나는 살금살금 숨어들어서 자는 척할 것이며 다시는 찾아오지 않을 때까지 반복할 것이다.

내 연구도 뒤죽박죽이 되었다. 나는 연구를 중단했고, 피곤했으며, 열정적으로 달리던 곳을 기계적으로 터벅터벅 걸었다. 나는 '땅은 우리의 양식을 어디서 얻는가?'라는 문제를 연구하기 시작했던 시절을 돌이켜 생각해보았다. 물론 당시에는 나도 군중 속에 살았다. 가장 많은 군중이 모인 곳으로 밀고 들어갔으며 모두를 내 연구의 증명견_{證明犬}으로 삼고자 했다. 증명견을 확보하는 일이 연구보다 더 중요했다. 나는 내 연구가 대중에게 모종의 혜택을 선사하리라 예상했고 많은 개로부터 격려를 받았다. 이제 고독한 내게 격려는 없다. 그러나 그 당시에 나는 전혀 새로운, 우리의 원칙을 모두 거스르는, 그리고 당시의 모든 증명견이 분명 엄청난 업적으로 기억할 그런 연구를 단행할 만큼 의욕이 넘쳤다. 나는 학문이 일반적으로 한없이 전문화되어가고 있는 반면, 어떤 점에서는 묘하게 단순화되는 현상을 발견했다. 학문의 핵심은 우리의 양식은 땅에서 난다고 가르친다. 그리고 이러한 전제하에 다양한 음식을 최상의 품질로 최대한 풍성하게 마련할 방법을 제시한다. 우리의 양식이 땅에서 난다는 말은 물론 맞는 말이다. 여기에는 어떠한 의심도 있을 수 없다. 그러나 흔히 기술하듯이, 그리고 후속 연구를 배제하듯이 그렇게 간단한 문제가 아니다. 매일 반복되는 단순한 사건만 보아도 알 수 있다. 우리가 아무 일도 하지 않더라도, 지금 내가 거의 그런 상태지만, 땅을 대충 찔끔 적신 뒤 쪼그리고 앉아 어떻게 될지 기다리기만 해도 우리는 분명, 무엇이든 생기기는 한다는 전제하에, 땅에 음식이 놓여 있는 모습을 보게 된다. 하지만 이는 일반적인 경우가 아니다. 학문에 대해 조금이라도 열린 사고를 보유한 개라면, 학문의 범위는 점점 커지므로 그런 개는 몇 안 되지만, 대부분의 음식은 땅에 놓여 있더라도 위에서 내려온다는 사실을 특별한 관찰 없이도 쉽게 확인할 수 있다. 우리는 심지어 각자가 지닌 기술의 숙련도와 욕구에 따라 음식이 땅에 닿기도 전에 잡아채기도 한다. 나는 이 말을 학문에 반대하는 뜻으로 하는 말이 아니다. 물론 양식은 땅에서도 난다. 땅이 자기 몸에서 양식을 내밀든 위에서 내려오라고 부르든 본질적인 차이는 없을 것이다. 그리고 학문은 두 경우 모두 땅 작업이 필요하다는 사실을 밝혔으므로 이러한 구분을 다룰 필요는 없을 것이다. "먹이를 물었으면 그뿐, 어디서 난 먹이인들 어떠랴?"라는 입장이다. 그러나 내가 보기에는 학문이 이 문제를 은폐된 형태로, 적어도 부분적으로는 다루는 것 같다. 이미 양식 마련의 두 가지 주요 방법 즉, 기본 땅 작업 및 주문과 춤과 노래의 형태로 진행되는 보완 및 정화 작업을 밝히지 않았는가. 나는 이 두 가지 방법이 완전하지는 않지만 충분히 뚜렷하게 구별되고, 이는 내가 연구한 바와 일치한다고 본다. 내 견해에 따르면 땅 작업은 두 가지 양식을 얻기 위한 일이고 꼭 필요한 일인 반면, 주문과 춤과 노래는 좁은 의미에서는 땅에서 나는 양식과는 거의 무관하며, 주로 양식을 위에서 아래로 끌어내리는 데 기여한다. 나의 이러한 해석은 전통이 뒷받침한다. 전통적으로 민중은 학문을 바로 세우는 것 같다. 다만 민중은 그 사실을 인식하지 못하고, 학문은 이에 저항하려 하지 않는다. 학문이 주장하는 바와 같이 이러한 의식이 땅만을 위한 일이라면, 이를테면 땅에 공중에 있는 양식을 끌어내릴 힘을 북돋워 주기 위한 일이라면 그 의식은 전적으로 땅을 향해서만 거행되어야 옳다. 모든 주문은 땅을 향해 읊어야 하고, 도약과 춤도 땅에 보여주어야 한다. 내가 아는 바에 의하면 학문도 다른 주장을 요구하지 않는다. 그러나 기이하게도 민중은 의식을 치를 때 언제나 공중을 향한다. 이는 학문을 위반하는 행위가 아니다. 학문은 이를 금지하지 않았고, 농견農犬의 자유의사에 맡긴다. 학문의 가르침은 오로지 땅만 생각하고, 농견은 땅과 관련된 학문의 가르침을 실행하고, 학문은 만족한다. 그러나 내 의견에 따르면 학문의 사고과정은 원래 그 이상을 요구한다. 그런데 단 한 번도 학문에 깊이 몰두한 적이 없는 나로서는 우리 종족이 예나 지금이나 열정적으로 위를 향해 주문을 외우고, 우리의 오랜 민요를 허공에 외치고, 땅은 잊은 채 영원히 위로 오를 듯이 껑충이 춤을 추는 행위를 학견들이 어떻게 용인할 수 있는지 도저히 이해가 안

간다. 내 연구는 이 모순을 강조하는 데서 시작되었다. 나는 학문이 가르치는 수확기가 언제든 아랑곳하지 않고 전적으로 땅에만 집중했다. 나는 춤을 출 때 땅을 팠고, 땅을 되도록 가까이하려고 머리를 옆으로 돌렸다. 나중에는 주둥이가 들어갈 만한 구덩이를 팠고, 내 옆이나 내 위에 있는 그 누구도 들을 수 없고 땅만 들을 수 있도록 노래 부르고 주문을 읊었다.

　　연구 결과는 초라했다. 때때로 음식이 안 나올 때면 내가 한 발견에 환호하고 싶었지만, 음식은 잠시 후에 나왔다. 처음에는 특이한 행동을 하느라 정신이 없었던 것 같다. 이제는 그런 행동을 하면 음식이 더 잘 나온다는 사실을 알았으므로 큰 소리로 외치거나 껑충껑충 뛰는 행동은 기꺼이 포기한다. 때로는 음식이 이전보다 더 풍성하게 나오기도 하고 때로는 아예 안 나오기도 한다. 나는 젊은 개들이 지금까지 들어본 적 없는 넘치는 열정으로 내가 한 모든 시도를 정확히 정리했고, 때로는 실마리를 찾은 듯했지만, 실마리는 다시 어디론가 사라져버렸다. 나는 학문을 위한 준비가 부족했고, 그 점이 여기서 걸림돌이 되었다는 사실에는 논란의 여지가 없다. 이를테면 음식이 나오지 않도록 작용한 요인은 내 실험이 아니라 비학문적인 땅 작업 때문이었는데, 이 사실을 보증해줄 개를 확보해두었던가? 결국 내가 내린 결론은 정확했지만, 그 근거는 사라지고 말았다. 일정 조건만 충족되었다면, 그러니까 땅 작업을 전혀 하지 않은 채 한 번은 위를 향한 의식으로 음식이 내려오도록 유도하고, 그다음에는 오로지 땅을 향한 의식만으로 음식이 나오지 않도록 유도하는 데 성공했더라면 내 실험은 대단히 정확한 실험이 되었을 것이다. 그런 실험도 시도해보았지만 확신이 없었고, 실험을 위한 여건도 미흡했다. 내 확고한 견해에 의하면 땅 작업은 항상 필요했고, 설혹 이 사실을 인정하지 않는 이단의 학견들이 옳다 하더라도 그들이 자신들의 주장을 증명할 수는 없을 것이다. 왜냐하면 땅에 물 대기는 강한 욕구와 더불어 실행되고, 욕구가 일정한 한계에 도달하면 결코 피할 수 없는 일이기 때문이다. 주제에서 조금 벗어난 다른 실험은 좀 더 나은 성과를 거두었고, 몇몇 개들의 시선을 끌기도 했다. 나는 먼저 공중에서 내려오는 음식을 보통 때처럼 잡아채는 방법을 실행한 후, 음식을 잡아채지 않고 그대로 떨어지도록 놔두는 방법을 써보기로 결정했다. 이 목적을 위해 나는 음식이 나올 때마다 가볍게 깡충 뛰었지만, 매번 내가 음식에 도달하지 않도록 도약을 계산했다. 대부분의 경우 음식은 무심하게 툭 떨어졌고 나는 분노하며 음식에 달려들었는데, 허기로 인한 분노만은 아니었고 실망도 그 이유 가운데 하나였다. 그러나 산발적으로 다른 일도 일어났다. 사실은 매우 놀라운 일이었는데, 음식이 떨어지지 않고 공중에서 나를 따라왔다. 음식이 배고픈 개를 추적했다. 추적은 오래 걸리지 않았다. 짧은 구간에 머물렀다. 그런 후에는 떨어지거나 완전히 사라졌다. 또는, 이 경우가 가장 흔한 경우인데, 내 식욕이 실험을 앞당겨 끝내버렸다. 나는 음식을 먹어치웠다. 그래도 그 당시 나는 행복했다. 내 주변이 술렁였고, 개들이 동요했으며, 내 연구에 주의를 기울였다. 나는 내가 아는 개들이 내 질문을 좀 더 잘 이해하도록 도와주었고, 그들의 눈에서 도움을 구하는 빛을 보았다. 내 눈빛이 반사된 빛인지도 모르지만, 나는 더 원할 것이 없었다. 나는 만족했다. 물론 이 실험이 이미 오래전에 학문적으로 기록되었다는 이야기를 듣기 전까지만 그랬다. 그 이야기는 나와 더불어 다른 개들도 들었다. 학견들은 나보다 훨씬 더 멋지게 실험에 성공했지만, 실험에 필요한 절제가 어렵다는 이유로 실험은 중단된 지 오래이며, 이미 알려진 사실 즉, 양식은 위에서 수직으로 떨어질 뿐만 아니라 비스듬히 또는 나선을 그리며 떨어지기도 한다는 사실을 증명할 뿐이므로 학문적으로 가치가 없다는 판단하에 속개되지 않았다는 이야기였다. 나는 그냥 서 있었지만 낙담하지는 않았다. 그러기에는 너무 젊었다. 그 반대였다. 나는 이 사실로 인해 생애 최고가 될지 모를 업적을 이룰 의욕이 생겼다. 나는 내 실험이 학문적으로 가치가 없다는 말을 믿지 않았다. 그러나 여기서 믿음은 아무 소용이 없다. 증명만이 유효하다. 그래서 증명에 착수하고자 했으며, 원래 주제에서 약간 벗어난 이 실험을 본격적으로 조명하기로, 연구의 중심에 놓기로 결정했다. 나는 내가 음식 앞에서 물러설 때 땅이 음식을 비스듬히 자기 쪽으로 끌어당기는 것이 아니라는 사실을, 음식이 내 뒤를 따르도록 유혹하는 것은 바로 나 자신이라는 사실을 증명하고 싶었다. 그러나 이 실험은 진행될 수 없었다. 먹이를 눈앞에 보면서 학문적으로 실험하는 일, 그 일을 장기적으로 참고 해낼 수는 없었다. 하지만 나는 조금 다르게 시도할 생각이었다. 나는 참을 수 있는 한 철저히 굶으려 했고, 음식은 쳐다보지도 않으려 했으며, 모든 유혹을 피하고자 했다. 나는 개들을 피해 밤낮으로 눈을 감은 채 누워 몸을 일으킬 생각도, 먹이를 입에 물 생각도 않고 비효율적이나마 피할 수 없는 물 대기와 조용히 주문과 노래를 읊조리는 일 외에는 아무런 조치를 취하지 않더라도(체력을 아끼기 위해 춤은 생략할 생각이었다) 음식이 위에서 스스로 내려와 내 주둥이 안으로 들어오려고 이빨을 두드리리라는 예상을, 자신 있게 주장할 수는 없었지만, 머릿속에 품고 있었다. 예상했던 상황이 벌어졌지만 이때도 학문은 반증 되지 않았다. 학문은 예외와 개별 사례를 인정할 만큼 충분히 유연하다. 하지만 다행히도 유연성이라고는 전혀 없는 대중은 뭐라고 말하겠는가? 이 사건은 우리가 역사를 통해 아는 그런 예외가 아니지 않은가! 이를테면 어떤 개가 몸이 아프거나 큰 슬픔에 젖어 음식을 마련하는 일도, 구하는 일도, 먹는 일도 거부했는데, 모든 개가 한마음으로 악마를 쫓는 주문을 외웠더니 달아났던 음식이 다시 돌아와 곧바로 병든 개의 주둥이로 향했다는 이야기가 있다. 하지만 나는 그 개와는 달리 활기차고 건강했다. 내 식욕은 너무도 왕성해 몇 날 며칠 먹는 생각뿐이었다. 나는 음식이 내려오도록 유도할 수도 있었고 그러고도 싶었다. 하지만 단식은, 믿거나 말거나, 내 자유의

사에 따른 결정이었다. 나는 개들의 도움이 필요 없었을 뿐만 아니라 도움받기를 철두철미 거부했다.

　나는 수풀 속에서 먹는 이야기도, 쩝쩝거리는 소리도, 뼈다귀 깨무는 소리도 들리지 않는 적합한 장소를 고르고, 마지막으로 배불리 먹은 후 그곳에 누웠다. 나는 가능하면 줄곧 눈을 감고 지내려고 했다. 며칠이 걸리든 몇 주가 걸리든 음식이 생기지 않는 한 내게는 끝없는 밤이기를 바랐다. 이 기간 동안에는, 무척이나 힘든 일이었는데, 잠을 거의 안 자거나 전혀 자지 말아야 했다. 잠을 안 잘 때가 사실은 최상의 상황이었다. 왜냐하면 음식이 내려오도록 주문을 외워야 했을 뿐만 아니라, 잠을 자느라 음식이 도착하는 시간을 놓치지 않도록 경계해야 했기 때문이다. 동시에 잠은 환영할 만한 일이기도 했다. 잠을 자면 깨어 있을 때보다 훨씬 더 오래 굶을 수 있기 때문이다. 이러한 이유로 나는 시간을 세심하게 나누어 매우 여러 차례에 걸쳐 짧은 잠을 잤다. 그러기 위해 잘 때는 언제나 연약한 가지에 머리를 뉘었고, 잠시 후 가지가 부러지면 그 바람에 잠이 깼다. 첫 번째 시간은 아무 일 없이 지나갔다. 아마도 음식이 출발하는 곳에서는 내가 여기서 세상의 보편적인 이치를 거스르고 있다는 사실을 아직 모르는 것 같았다. 세상은 잠잠했다. 혹시 개들이 내가 없어진 사실을 알고 곧 나를 찾아내어 내가 하는 일을 말리지나 않을까 우려가 되기도 했다. 이런 우려는 내가 단식에 집중하는 데 방해가 되었다. 우려되는 일은 또 있었는데, 땅을 무심코 적셨을 뿐인데 그 결과, 물론 학설에 의하면 그곳은 불모지였지만, 예기치 않게 음식이 생겨 그 냄새가 나를 유혹하지나 않을까 하는 우려였다. 그러나 그런 일은 당장은 일어나지 않았고, 나는 계속 굶을 수 있었다. 이런 우려를 제외하고는 처음에는 내가 예전에는 미처 느껴보지 못했을 만큼 평온했다. 사실 나는 이곳에 학문의 폐기를 위해 와 있는데도 쾌적함과 자주 인용되는 '학문 노동자'와도 같은 평온이 넘쳤다. 꿈속에서 학문은 내게 사죄했다. 학문에도 내 연구를 받아들일 여지가 있었다. 나는 결코, 내 연구가 큰 성과를 거둘지도 모르므로, 개 사회에서 아무짝에도 쓸모없는 존재가 아니며, 성과를 거둔다면 더더욱 그렇다는 말, 학문은 내게 우호적이고, 내 연구 결과에 대한 해석을 스스로 맡아 진행할 것이며, 이 약속은 이미 이행된 바와 진배없다는 말, 지금까지 나는 마음속 깊이 배척당했다고 느꼈고, 우리 종족이 친 벽을 넘으려 사납게 달려들었지만, 이제 우리 종족은 큰 영광으로 알고 나를 받아들일 것이며, 몰려든 개들이 나를 얼싸안고 내가 갈망하던 온기를 아낌없이 나누어줄 것이며, 내가 사양하는데도 나를 어깨에 올리고 흔들흔들 흔들어 주리라는 말, 이런 말들이 더할 나위 없는 위로가 되어 내 귀를 두드렸다. 처음 굶었을 때 나타난 기이한 현상이었다. 내 업적이 내게는, 나 스스로 감동하고 나 자신을 동정한 나머지 그곳 고요한 수풀에서조차 울기 시작했을 만큼 위대해 보였다. 이해할 수 없는 일이었다. 받아 마땅한 대접을 받는데 울기는 왜 우는가? 이는 분명 쾌적함 때문일 것이다. 나는 쾌적하다고 느낀 적이 별로 없었고, 그렇게 느낄 때마다 울었다. 물론 쾌적한 기분은 금세 사라졌다. 아름다운 상상도 허기가 심해지면서 서서히 사라졌다. 오래지 않아 나는 모든 환상, 모든 감동과 헤어졌고, 내게는 오로지 창자 속에서 요동치는 배고픔만이 남았다. 나는 "이것이 배고픔이다"라고 나 자신에게 수없이 말했다. 마치 배고픔과 나는 여전히 두 개의 개체이고, 성가신 애인 떨쳐내듯 떨쳐버릴 수 있다고 스스로 믿으려는 듯이 하는 말이었지만, 실제로는 우리가 지극히 고통스러운 하나였고, 내가 "이것이 배고픔이다"라고 말할 때도 사실은 배고픔이 하는 말이었으며, 나를 놀리려고 하는 말이었다. 고통스러운, 진정 고통스러운 시간이었다. 그때를 생각하면 치가 떨린다. 물론 그때 겪었던 고통 때문만은 아니다. 무엇보다도 고통이 그것으로 끝나지 않았기 때문이다. 내가 무엇인가를 얻기 위해서는 그 고통을 다시 한번 맛보아야 하기 때문이다. 나는 오늘날까지도 굶기를 내 연구를 위한 최후의 수단이자 최강의 수단으로 생각한다. 연구의 길은 굶는 길이다. 최상의 가치는, 얻을 수 있는 가치라면, 최상의 노력을 통해서만 얻을 수 있다. 그리고 우리 종족에게 최상의 노력은 자의에 의해 굶는 일이다. 나는 살기 위해 그 시절을 자주 헤집는데, 그럴 때면 나를 위협하는 시간도 곰곰이 생각하게 된다. 한 생명이 사망 선고를 눈앞에 둔 지경에 이르기 전에는 이와 같은 노력에서 회복될 수 없을 것만 같다. 성견이 된 이후로는 그런 단식을 한 적이 없지만

○

나는 아직도 완전히 회복되지 않았다. 나는 큰 경험을 했고 이 실험의 필요성도 더 잘 알게 되었으므로 다음에 단식을 시작할 때는 예전보다 더 굳은 각오를 할 것이다. 그러나 그때 이후 나는 기력이 약해졌고, 무엇보다도 이미 알고 있는 그 끔찍한 상황을 미리 떠올리기만 해도 지칠 것만 같다. 식욕은 줄었지만 그 사실이 유리하게 작용하지는 않을 것이다. 오히려 내 실험의 가치를 떨어뜨릴 것이고 따라서 예전보다 더 오래 굶을 수밖에 없을 것이다. 나는 실험을 중단했던 오랜 시간 동안 이 점을 비롯한 여러 가지 불리한 조건을 무릅쓰고 예비 실험을 잊지 않았다. 나는 굶주림을 넘치도록 자주 베어 물었지만, 아직 있는 힘껏 세게 문적은 없으며, 젊은 날의 거침없는 공격성은 당연히 사라지고 없다. 공격성은 이미 예전에 단식 중에 사라졌다. 그때는 온갖 생각이 나를 괴롭혔고, 우리의 선조들이 나타나 나를 위협했다. 나는 감히 공공연히 말할 용기는 없지만, 현 사태에 대한 모든 책임은 선조들에게 있다고 생각한다. 선조들은 개의 삶을 빚졌다. 따라서 나는 선조들의 위협에 위협으로 간단히 대응할 수 있었다. 그러나 선조들의 지식 앞에서는 무릎을 꿇는다. 선조들의 지식은 우리가 더는 그 시원始原을 알 수 없는 곳에서 비롯되었고, 그러므로 나는 아무리 맞서 싸우고 싶은 충동이 강하더라도 선조들의 법을 결코 정면으로 위반하지는 않을 것이며, 오로지 법의 허점을 통해서만 빠져나갈 것이다. 나는 그 허점을 맡는 후각이 특히 발달했다. 단식과 관련해 내 주장을 뒷받침하는 유명한 대화가 있다. 두 현견賢犬이 나누는 대화인데 한 현견이 단식을 금지하려는 의사를 발표하자 다른 현견이 "누가 굶겠어?"라고 물으며 이를 말렸다. 첫 번째 현견은 이 말에 수긍하고 금지를 취소했다. 여기서 새로운 질문이 대두한다. "단식은 원래 금지되어 있지 않나?" 해설견들의 대다수는 하나같이 단식을 허용된 행위라고 본다. 두 번째 현견에 동의하는 해설이므로, 설혹 해설이 잘못되었다 하더라도 그로 인해 심각한 결과가 뒤따를 걱정은 하지 않아도 된다. 나는 단식을 시작하기 전에 이 사실을 분명히 확인했다. 그러나 내가 굶주림으로 배가 쪼그라들고 몇 번 정신착란을 일으켜 줄곧 내 뒷다리에서 구원을 찾았을 때, 뒷다리를 필사적으로 핥고, 씹고, 빨면서 둔부까지 올라왔을 때, 나는 이 대화에 대한 일반적인 해석이 완전히 잘못된 것 같았다. 나는 해석학을 저주했고 그 해석을 믿고 길을 잘못든 나 자신을 저주했다. 그 대화에서 단식 금지는 한 가지만이 아니다. 이 사실은 삼척동자도 알 수 있다. 첫 번째 현견은 단식을 금하려 했는데, 그가 원하는 일은 이미 이루어져 있었다. 즉 단식은 이미 금지되어 있었다. 두 번째 현견도 이에 동의했을 뿐만 아니라 그는 단식을 불가능한 일로 간주했다. 다시 말해 첫 번째 금지에다 금지를 하나 더 얹었다. 단식은 개의 본성 자체로 인해 불허되는 일이다. 첫 번째 현견은 이를 인정하고 명시적인 금지를 철회했다. 즉, 그는 개들에게 이 모든 내용을 설명한 후 통찰력을 키우고 스스로 단식을 금지하라고 명했다. 그러니까 일반적인 단

○

순 금지가 아니라 삼중 금지였는데 나는 이를 위반했다. 늦었지만 지금이라도 법을 따르고 굶기를 그만둘 수도 있었지만, 계속 굶으라는 유혹이 고통을 뚫고 손길을 뻗었고, 나는 음탕한 마음으로 낯선 개를 쫓아가듯 유혹을 쫓았다. 나는 그만둘 수가 없었다. 아마도 몸을 일으켜 구원을 찾아 개가 사는 지역으로 옮기기에는 기력이 너무 부족했기 때문이었을 것이다. 나는 수풀 바닥에서 몸부림쳤다. 더는 잠을 잘 수도 없었다. 사방에서 소음이 들렸다. 지금까지 잠자고 있던 세상을 내가 단식으로 깨운 것 같았고, 이제 더는 아무것도 먹으면 안 되겠다는 생각이 들었다. 내가 다시 음식을 먹으면 잠에서 풀려나 요란해진 세상을 다시 침묵 속에 빠뜨리게 될 텐데, 차마 그럴 수는 없을 것 같았다. 그런데 가장 큰 소리는 내 배에서 났다. 때때로 귀를 배에 대면 깜짝 놀라 눈이 휘둥그레졌다. 배에서 그런 소리가 나다니! 내 귀로 듣고도 쉽게 믿어지지 않았다. 상태가 심각해지자 내 본성마저 현기증을 일으키는 것 같았고, 살고자 헛되이 애썼다. 나는 음식 냄새를 맡기 시작했다. 오랫동안 먹어보지 못한 최상의 음식 냄새였다. 어린 시절 친구들의 냄새도 났고, 심지어 어머니의 젖가슴 냄새도 났다. 나는 냄새에 맞서겠다는 결심을 잊었다. 아니, 정확히 말하면 잊지 않았다. 나는 단호히 결심하고 냄새에 맞서기 위해 꼭 필요한 결심이라는 듯이 사방으로 몸을 끌면서 두세 걸음마다 멈춰 서서 코를 킁킁거렸다. 마치 음식으로부터 나를 보호하려는 듯이. 나는 아무것도 발견하지 못했지만 실망하지 않았다. 음식은 거기 있었다. 단지 몇 발짝 떨어져 있었을 뿐이고 내 다리는 언제나 그 앞에서 꺾였다. 물론 아무것도 없었다는 사실 또한 알고 있었다. 이렇게라도 움직이지 않으면 이곳을 영원히 벗어나지 못한 채 쓰러지고 말리라는 두려움에서 나온 행동이라는 사실도 알고 있었다. 마지막 희망마저 사라졌다. 마지막 유혹도. 나는 여기서 비참하게 파멸하고 말 것이다. 내 연구는 어떻게 되는가? 아이답게 행복하던 시절에 시도했던 장난 같은 실험들. 하지만 지금 여기서 진행한 실험은 진지한 실험이다. 여기서 내 연구는 그 가치를 인정받을 수 있었을 것이다. 그런데 연구는 어디 있나? 여기에는 허공만 물어대는 절망한 개 한 마리뿐이다. 그 개는 아직은 마음이 급해 미칠 것 같지만, 끊임없이 땅에 물을 대는 줄도 모른 채 기억하고 있던 방대한 주문 가운데 단 한 마디도 읊을 수 없다. 갓 태어난 강아지가 어미 품으로 파고들 때 읊조리는 아주 짧은 시구詩句조차도. 여기는 조금만 달려가면 동포들에게 돌아갈 수 있는 곳이 아니라 그들에게서 한없이 멀리 떨어진 곳 같았다. 나는 굶주림 때문이 아니라 고독 때문에 죽을 것 같았다. 나를 걱정하는 개는 아무도 없다는 사실은 이미 알고 있었다. 땅 위에도, 땅 밑에도, 공중에도 없었다. 나는 땅의 냉담한 태도 때문에 파멸했다. 그 태도는 "얘는 죽어. 그렇게 될 거야"라고 말했다. 그런데 나도 같은 생각 아니었던가? 나도 똑같이 말하지 않았나? 이 고독을 원하지 않았나? 그랬다. 하지만 여기서 끝내려고 한 말은 아니었다. 그 누구에게서도 진실을 들을 수 없는, 나한테서조차 진실을 들을 수 없는, 나 또한 거짓말쟁이 사회의 일원으로 태어났으므로 이 거짓 세상을 벗어나 진실을 향해 가기 위해 한 말이다. 어쩌면 진실은 그리 먼 곳에 있지 않을 것이고, 따라서 나는 내가 생각하는 만큼 고독하지도 않을 것이다. 나는 다른 개들로부터 버림받지 않았다. 다만 실패하고 생을 마감한 나 자신으로부터 버림받았을 뿐이다.

그러나 개는 정신적으로 과민해진 개 한 마리가 생각하는 것처럼 그리 쉽게 죽지 않는다. 나는 단지 의식을 잃었을 뿐이다. 내가 다시 정신을 차리고 눈을 들었을 때 내 앞에 낯선 개 한 마리가 서 있었다. 나는 배고픔을 느끼지 않았다. 나는 매우 활기찼고, 관절에는, 일어설 때 시험을 해보지도 않았는데, 탄력이 넘치는 것 같았다. 내 눈에는 사실 개 한 마리밖에는 보이지 않았다. 멋지지만 그다지 특별해 보이지 않은 개가 내 앞에 서 있었다. 그 개 외에 다른 것은 아무것도 눈에 들어오지 않았고, 다른 것은 몰라도 눈에 보이는 그 개의 존재는 믿었다. 내 몸뚱이 아래로 피가 흥건했다. 처음에는 그것이 음식인 줄 알았지만, 곧 내가 토한 피라는 사실을 알아차렸다. 나는 피에서 눈을 떼고 낯선 개를 쳐다보았다. 마른 몸에 다리가 길고, 갈색 털에 군데군데 흰 얼룩이 있었다. 그리고 눈빛은 아름답고 강하며 탐구하는 듯했다. "여기서 뭐 해? 넌 여기서 나가야 해." 그 개가 말했다. "나 지금 못 가." 나는 상세한 설명 없이 이렇게 말했다. 어떻게 그 모든 것을 설명한단 말인가? 그 개도 급해 보였다. "제발 가!" 그 개는 이렇게 말하며 불안하게 발을 동동거렸다. "나 좀 내버려 둬. 내 걱정 말고 가. 다른 개들도 내 걱정 안 해." 내가 말했다. "널 위해 부탁하는 거야." 그가 말했다. "누굴 위해 부탁하든 난 못 가. 가고 싶어도 걸을 수가 없어." "그건 걱정 마." 그가 웃으며 말했다. "네가 힘이 없어 보이기 때문에 이제 슬슬 가달라고 부탁하는 거야. 머뭇거리다간 나중에 뛰어야 될 걸?" "네 걱정이나 해." 내가 말했다. "내 걱정하는 거야." 그는 내가 하도 완강하게 나오자 서글프게 대답했다. 보아하니 그 개는 잠시 동안은 내가 여기 그냥 있도록 내버려 두고, 그 기회를 이용해 내게 다정하게 다가오려는 듯했다. 다른 때 같았으면 이 멋진 개의 접근을 기꺼이 용인했을 것이다. 그러나 그때는, 왜 그랬는지 모르겠는데, 깜짝 놀라 멈칫했다. "저리 가!" 나는 소리를 질렀다. 달리 나를 방어할 방도가 없었기에 더욱 크게 소리 질렀다. "알았어." 그 개는 이렇게 말하며 천천히 뒤로 물러섰다. "너 정말 멋지다. 너는 내가 마음에 안 들어?" "나를 그냥 내버려 두고 가주면 마음에 들 거다." 내가 말했다. 하지만 나는 그 개를 어떻게 설득해야 할지 확신이 서지 않았다. 나는 단식으로 예민해진 감각을 통해 그 개한테서 무엇인가를 보았거나 들었다. 이제 막 시작되었는데 점점 커지더니 가까이 다가왔다. 그리고 나는 이 개한테 나를 쫓아낼 힘이 있다는 사실을 알아차렸다. 아직도 어떻게 일어나야 할지 모르겠다면 일어나게 해주겠어! 나는 그 개를 쳐다보았다. 그는 내 거친 대꾸에 부드럽게 머리만 가로젓고는 점점 더 커지는 욕망으로 나를 쳐다보았다. "너 누구야?" 내가 물었다. "나는 사냥개야." 그가 말했다. "그런데 왜 나를 여기서 쫓아내려는 거야?" 내가 물었다. "네가 나를 방해하니까. 네가 여기 있으면 나는 사냥을 할 수 없어." "그래도 해봐. 할 수 있을지도 모르잖아." "안 돼!" 그가 말했다. "미안하지만 너는 여기서 나가야 해." "오늘은 사냥하지 마!" 내가 간청했다. "안 돼. 나는 사냥을 해야 돼." 그가 말했다. "나는 가야 되고, 너는 사냥해야 되고. 해야 되는 것뿐이군." 내가 말했다. "우리가 왜 해야 되는지 너는 이해가 되니?" "아니." 그가 말했다. "이해할 게 뭐 있어? 당연하고 자연스러운 일인데." "아니야." 내가 말했다. "너는 말은 미안하다고 하면서 나를 쫓아버리려 해." "그래." 그가 말했다. "그래." 내가 짜증 섞인 말투로 따라 했다. "무슨 대답이 그래? 사냥을 포기하는 일과 나를 쫓아버리는 일을 포기하는 일 중에 너는 어느 쪽이 쉬울 것 같아?" "사냥을 포기하는 일." 그는 망설이지 않고 말했다. "그러니까 모순이라는 거야." 내가 말했다. "무슨 모순?" 그가 되물었다. "이봐. 너는 내가 사냥을 해야 한다는 사실이 정말로 이해가 안 되니? 당연한 일이 이해가 안 돼?" 나는 대답하지 않았다. 왜냐하면—그때 내 몸에 새롭게 생기가 돌았다. 충격이 주는 생기와도 같은 생기였다—이해할 수 없는 일이 일어났기 때문이다. 아마도 나 말고는 그 누구도 그 현상을 눈치채지 못했을 것이다. 가슴에 머리를 묻고 있던 그 개가 머리를 들고 노래 부르는 자세를 취했다. "노래하려고?" 내가 물었다. "응." 그가 진지하게 대답했다. "노래할 거야. 곧. 아직은 아니야." "너 벌써 시작했잖아." 내가 말했다. "아니야. 아직 안 했어. 하지만 들을 준비 해." 그가 말했다. "너는 아니라고 말하지만 나는 벌써 들려." 나는 몸을 떨면서 말했다. 그는 입을 다물었다. 나는 그 당시 어떤 개도 나보다 먼저 경험한 적이 없는 현상을 인지했다고 믿었다. 적어도 전해 내려오는 이야기에서는 그런 현상에 대해 막연한 암시조차 찾아볼 수 없었다. 나는 그칠 줄 모르는 두려움과 부끄러움에 서둘러 내 앞에 놓인 피바다에 얼굴을 묻었다. 나는 그 개가 자신도 모르게 이미 노래를 부르기 시작한 사실을 내가 알아챘다고 믿었다. 그뿐만 아니라 그 멜로디는 그 개에게서 떨어져 나와, 나름의 법칙에 따라 허공을 가르며 그 개를 넘어, 마치 그 개는 해당 사항이 없다는 듯이, 오로지 나를 향해, 나를 향해 흘러왔다. 오늘날에는 물론 그런 현상을 인지했다는 사실을 부정하고 당시 내가 지나치게 신경이 날카로웠던 탓으로 돌린다. 그러나 비록 착각이었을지언정 거기에는 모종의 대단한 부분이 있었다. 그 부분은, 비록 가상의 현실이었지만, 내가 단식을 끝내고 이 세계로 돌아오면서 고스란히 가지고 온 유일한 것이었으며, 적어도 우리가 어느 수준까지 넋을 잃을 수 있는지 보여준 사건이었다. 나는 정말로 완전히 넋이 나갔었다. 보통의 상황이었다면 나는 중병에 걸린 상태였을 것이다. 나는 꼼짝도 할 수 없었다. 나는 그 멜로디에, 그 개가 곧 넘겨받아 자기 목소리로 부르는 것 같았는데, 저항할 수 없었다. 멜로디는 점점 강해졌다. 한계를 모르는 듯 커지더니 이내 내 고막을 터뜨릴 것만 같았다. 그러나 최악의 사실은 그 멜로디가 오로지 나 때문에 나온 것 같았다는 점이다. 이 목소리가, 너무도 고상해 숲도 잠잠하게 만든 이 목소리가 오로지 나 때문이었다. 나는 누구인가? 아직도 이곳을 떠나려 하지 않고, 내 오물과 내 피로 더러워진 채 그 목소리 앞에 퍼질러 있는 나는? 나는 비틀거리며 몸을 일으킨 후 내 몸을 내려다보았다. '이런 몸으로는 달릴 수 없어' 하고 생각했지만, 그 순간 이미 쫓아오는 멜로디를 피해 껑충껑충 뛰며 훌륭하게 달아나고 있었다. 내 친구들에게는 아무 이야기도 하지 않았다. 돌아오자마자 다 이야기할 수 있었을 테지만, 그때 나는 말할 기력도 없었고, 나중에는 잘 전달이 되지 않은 것 같았다. 억누를 수 없었던 그 암시는 대화 중에 흔적도 없이 사라졌다. 아무튼 나는 육체적으로는 몇 시간 지나지 않아 회복했다. 그러나 정신적으로는 오늘날까지도 그 후유증에 시달리고 있다.

　　나는 내 연구 대상에 개의 음악을 포함시켰다. 학문은 이 분야에서도 활발했다. 음악에 관한 학문은, 내가 제대로 들었다면, 양식에 관한 학문보다 더 방대할 것이고, 어쨌든 그 기반이 더 탄탄했다. 이는 양식 분야는 음악 분야보다 가벼운 열정으로도 연구할 수 있고, 음악 분야에서는 단순히 관찰과 체계화만 하면 되지만, 음식 분야에서는 무엇보다도 실용적인 결과가 나와야 한다는 사실로 설명될 수 있다. 개들은 양식학보다 음악학에 더 큰 경의를 표하지만, 음악학은 지금까지 양식학만큼 민중에게 깊숙이 파고들지 못했다는 사실도 이와 관계가 있다. 나도 숲에서 그 목소리를 듣기 전에는 그 어떤 학문보다 음악학이 더 낯설게 느껴졌었다. 이미 음악가 개들을 만난 경험을 이야기한 바 있지만, 그 당시에 나는 아직 너무 어렸다. 더구나 이 학문에 접근하기는 쉽지 않았다. 음악학은 특별히 까다로운 학문으로 간주되었고, 점잖게 대중을 차단했다. 그 개들의 음악도 처음에는 대단히 신기해 보였지만, 내게는 그들이 침묵하는 개의 본성이 더 중요해 보였다. 그 어느 곳에서도 그들의 음악과도 같이 놀라운 음악은 찾아볼 수 없었을 터이므로 나는 음악을 등한시할 수 있었다. 그러나 그때 이후 나는 어디서나 어떤 개한테서도 그 개들의 본성을 발견할 수 있었다. 개의 본성을 깊이 파헤치는 데는 양식에 대한 연구가 가장 적합해 보였고, 우회하지 않고 바로 목표로 이끄는 것 같았다. 어쩌면 내 생각이 틀렸는지도 모른다. 그러나 나는 그 당시 이미 이 두 학문의 경계 분야에 의구심이 생겼다. 그 분야는 양식을 아래로 끌어내리는 노래에 관한 학문이다. 내가 음악에 단 한 번도 진지하게 빠져본 적이 없고, 이러한 측면으로 볼 때 나는 학문이 언제나 멸시해 마지않는 아마추어조차도 못 된다는 사실이 여기서도 큰 걸림돌로 작용했다. 내게서 이 사실은 영원히 지울 수 없을 것이다. 나는 학견 앞에서는 아무리 쉬운 시험이라도 붙기 어려울 것이다. 슬프게도 이에 대한 증거도 있다.

물론 그 원인은, 이미 언급한 생활환경은 제외하고 볼 때, 우선적으로 내가 학문적으로 무능하다는 데 있다. 사고력도 빈약하고 기억력도 나쁘며 무엇보다도 나는 학문의 목표를 자꾸만 잊어버린다. 이 모든 사실을 나는 나 자신에게 솔직히 인정하는데, 그럴 때는 어떤 쾌감마저 느낀다. 왜냐하면 내 학문적 무능의 더 근본적인 원인은 내 직관인 것 같기 때문이다. 솔직히 나는 나쁘지 않은 직관력을 지니고 있다. 허풍을 떨자면 이 직관력이 내 학문적 능력을 파괴했다고 말할 수 있을 것이다. 나는 일상의 흔한, 하지만 결코 간단하지 않은 문제에서 꽤 괜찮은 판단력을 발휘한다. 그리고 특히, 학문은 아니더라도 학견들은 매우 잘 이해할 수 있다. 이 점은 내 연구 결과에서 확인할 수 있다. 그런 내가 애당초 학문의 첫 단계에조차 앞발을 걸칠 능력이 없다는 점은 적어도 매우 기이한 현상일 것이다. 나는 직관 덕분에 다름 아닌 학문을 위해 자유를 그 무엇보다도 높이 평가하게 된 것 같다. 오늘날 추구하는 그런 학문이 아닌 다른 학문을 위해. 궁극의 학문을 위해. 자유! 물론 오늘날 허용된 자유는 발육부진 상태다. 그래도 자유다. 그나마 그런 자유라도 있다.

—《만리장성을 쌓을 때》, 1931.

굴

이 집은 내가 지었다. 공사는 잘 된 것 같다. 밖에서 보면 사실 큼직한 구멍밖에는 보이지 않는데, 이 구멍은 어디로도 통하지 않는다. 몇 걸음 안으로 들어가면 천연의 단단한 바위에 가로막히고 만다. 내가 의도적으로 이런 속임수를 썼다고 자랑하려 하는 말이 아니다. 이 구멍은 오히려 여러 차례 굴 파기에 실패한 흔적 가운데 하나일 뿐이다. 그런데 이 구멍 하나를 메우지 않은 일은 결과적으로 잘한 일이었다. 속임수가 너무 치밀하면 제 꾀에 제가 넘어가고 만다. 나는 그 사실을 누구보다도 잘 안다. 그리고 이 구멍 속에 뭔가 탐색할 만한 것이 있지 않을까 관심을 갖게 만드는 일 또한 세심하지 못한 행동이다. 그렇다고 내가 겁쟁이여서, 겁이 나서 이 굴을 팠다고 생각하면 이는 오산이다. 이 구멍에서 천 발작쯤 안으로 들어가면 걸을 수 있는 이끼층이 나오는데, 거기가 이 굴의 진짜 입구다. 이 세상에 안전한 장소가 있다면 이 굴이야말로 그런 곳이다. 물론 누군가 이끼층을 밟거나 푹 찌를 수 있다. 그러면 이 굴은 훤히 드러날 터이고, 마음만 먹으면 쳐들어와 모든 것을 영원히 못 쓰게 만들 수도 있다. 물론 그러기 위해서는 좀 특별한 능력이 필요하다. 나는 그런 위험을 충분히 인지하고 있다. 내 삶의 절정에 도달한 지금까지도 내게 완벽한 평화란 없었다. 나는 시커먼 이끼로 둘러싸인 곳에서 죽을 운명이고, 밤에는 굶주린 짐승이 끊임없이 코를 킁킁거리며 돌아다니는 꿈을 꾼다. 그렇다면 출입구를 막아버리면 되지 않느냐고 말할 수도 있을 것이다. 매번 출구를 새로 만들더라도 힘이 좀 덜 들도록 윗부분은 단단한 흙으로 얇게 막고, 거기서 한참 아래까지는 성글게 막으면 된다고. 하지만 이는 불가능한 이야기다. 이러한 조치는 재빠르게 빠져나갈 구멍이 있는 경우에만 가능하다. 이런 조치야말로 생명을 건 모험이고, 안타깝게도 그런 일은 드물지 않게 일어난다. 이 모든 것을 계산하기란 꽤나 어려운 일이다. 그러나 계산을 멈추지 않고 계속하는 이유는 오로지 머리를 굴리는 일이 즐겁기 때문인 경우가 많다. 바로 빠져나갈 구멍이 있어야 한다. 아무리 정신을 바짝 차리고 있더라도 전혀 예기치 못한 방향에서 공격을 받을 수도 있지 않겠는가? 나는 이 굴집 가장 깊숙한 곳에서 평화롭게 살고 있다. 그런데 요즘 나를 공격하려는 놈이 어디서인지 모르게 서서히 그리고 조용히 나를 향해 굴을 파고 있다. 그놈이 나보다 감각이 뛰어나다고는 말할 수 없다. 내가 그놈에 대해 아는 것이 없는 만큼 그놈도 나에 대해 아는 것이 없을 것이다. 하지만 무작정 땅을 헤집는 끈질긴 도둑도 있다. 내가 판 땅굴처럼 어마어마하게 넓은 곳에서는 그런 도둑도, 내가 낸 통로 가운데 하나쯤은 발견하리라는 희망을 품을 수 있다. 물론 나는 여기가 내 집이라는 장점이 있다. 나는 모든 통로와 방향을 잘 알고 있다. 나는 그 도둑을 간단히 제물로 삼을 수 있다. 그 제물은 꿀맛일 것이다. 그러나 나는 점점 나이를 먹고, 나보다 힘이 약한 놈이 많지 않다. 게다가 내 적敵은 수가 너무 많아서, 나는 한 놈에게서 달아나 다른 놈 품 안에 떨어질 수도 있다. 아! 무슨 일인들 안 일어나랴! 아무튼 나는 어딘가에, 접근하기 쉬운 곳에 활짝 열린 출구가 있다는 믿음이 필요하다. 특별한 조치 없이 밖으로 나갈 수 있는 곳에. 그래야만 구멍을 내느라, 아무리 간단하게 낼 수 있다 하더라도, 뒤쫓아 오는 놈한테 갑자기 내 허벅지를 물리는 불상사가 일어나지 않을 것이다. 나를 위협하는 적들이 외부에만 있는 상황은 아니다. 그런 적들은 땅 밑에도 있다. 그들을 본 적은 없지만 전설에도 나온다. 나는 그런 적들이 있다는 사실을 굳게 믿는다. 땅 밑에 사는 존재. 전설에도 이들이 어떤 존재인지는 나와 있지 않다. 그들의 제물이 되는 순간에도 그들을 제대로 볼 겨를이 없다. 그들의 본거지인 땅 바로 아래를 손톱으로 긁는 소리가 들리고 그들이 온다는 사실을 알아차리는 순간 때는 이미 늦는다. 이때는 여기가 내 집이라는 이점도 아무 소용이 없다. 오히려 내가 그들 집에 있는 형국이다. 출구도 나를 구하지는 못한다. 구하기는커 녕 오히려 죽음으로 이끌고 말 것이다. 그래도 출구는 희망 이다. 나는 출구 없이 살 수 없다. 이 넓은 통로 외에도 나 를 외부세계와 연결해주는 길은 여러 개 있다. 그 길은 매 우 좁지만 제법 안전하고 신선한 공기도 유입된다. 그 길은 들쥐들이 만들었다. 나는 이 집을 지을 때 들쥐들을 제대로 이용했다. 들쥐들은 먼 곳까지도 냄새를 맡을 수 있으므로 나를 보호해주는 셈이다. 또한 온갖 작은 족속들이 들쥐를 따라 내 집으로 들어와 그놈들을 잡아먹으면 굴 밖으로 나 가지 않고도 최소한의 생계는 이어갈 수 있다. 이 점은 분 명 매우 큰 장점이다.

이 굴의 가장 큰 장점은 조용하다는 점이다. 물론 안 그럴 때도 있다. 한순간 적막이 깨지면 그것으로 끝이다. 하지만 일단 아직은 조용한 상태가 유지되고 있다. 내가 만 든 통로를 몇 시간씩 살금살금 기어 다녀도 들리는 것이라 고는 가끔 작은 짐승이 바스락거리는 소리뿐이다. 그 소리 는 내가 그놈을 입에 넣는 순간 사라진다. 흙이 떨어져 내 리는 소리가 들릴 때도 있다. 그 소리는 어딘가 손 볼 데가 있다는 사실을 알려주는 소리다. 그 외에는 조용하다. 숲에 서 바람이 불어온다. 바람은 따듯하면서도 시원하다. 때때 로 나는 통로에 몸을 쭉 뻗고 누워 쾌적한 기분으로 이리 저리 뒹군다. 초로初老에 이런 집이 있으니, 가을이 시작되는 계절에 머리 위에 일 지붕이 있으니 얼마나 좋은가! 나는 모든 통로에 100미터마다 둥글게 작은 마당을 팠다. 나는 그곳에서 뒹굴고, 내 몸의 온기로 나를 덥히며 편안하게 쉰다. 나는 그곳에서 단잠을 잔다. 평화가 주는 잠. 갈망이 해소된 후의 잠. 내 집 마련의 목표를 달성한 자의 잠. 내가 잠이 깨는 이유가 오랜 습관 때문인지, 아니면 이 굴집도 위험하기는 마찬가지여서인지 모르겠다. 나는 일정한 시간 간격을 두고 깊은 잠에서 깨어 고요 속에 귀를 기울이고 또 기울인다. 밤이고 낮이고 변함없이 고요한 이곳에서 귀를 기울인 후 안심하는 미소를 짓고는 사지의 긴장을 풀고 더 깊은 잠에 빠진다. 시골길과 숲속을 헤매는 가련한 방랑자들이 기껏해야 나뭇잎 더미 속을 파고들 때, 아니면 동료들과 무리 지어 서로 껴안고 천지의 위험에 노출된 채 잠을 청할 때, 나는 여기 사방으로 안전한 곳에 누워 있다. 내 집에 그런 공간은 쉰 군데도 넘는다. 그곳에서 내 시간은 꾸벅꾸벅 다가오는 졸음과 죽은 듯이 깊은 잠 사이를 흐르고, 나는 그 시간을 내 마음 내키는 대로 고를 수 있다.

이 굴 중앙에, 정중앙은 아니고 약간 벗어난 곳에 중앙광장이 있다. 이곳은 큰 위험이 닥치는 경우를 대비해, 딱히 누군가 나를 잡으러 올 때가 아니라 이 굴을 차지하려는 경우를 대비해 심사숙고한 끝에 만든 공간이다. 다른데는 모두 육체노동보다는 끔찍이도 머리를 쥐어짜야 하는 정신노동이 필요했던 반면, 이 광장은 내 몸의 모든 부분을 극도로 심하게 써서 일한 결과물이다. 나는 몸이 너무도 지친 나머지 몇 번이고 다 집어치우려 했었다. 등을 바닥에 대고 누워 몸부림치면서 빌어먹을 공사라고 욕을 했고, 공사를 하다 말고 밖으로 기어 나와버리기도 했다. 다시는 돌아가지 않으려고 마음먹었기에 가능한 일이었다. 그러나 몇 시간 후인지 며칠 후인지 후회하며 돌아왔을 때 굴은 고스란히 원래의 모습을 유지하고 있었다. 내 입에서 노래가 나올 뻔했고, 나는 제대로 신이 나서 다시 일하기 시작했다. 광장 건설 공사는 설계대로 지어야 하는 지점의 흙이 너무 무르고 모래 같아서 쓸데없이 힘들었다. 쓸데없다는 말은 알맹이 없는 단순노동 때문에 이 공사가 계획대로 진척되지 않았다는 뜻이다. 광장을 크고 아름다운 아치형으로 둥글게 파기 위해서는 흙을 단단히 다져야 했다. 그런 작업에 쓸 연장이라고는 내 이마밖에 없었다. 나는 수천, 수만 번 밤낮으로 이마를 흙에 박았고, 이마에서 피가 나면 벽이 단단해지기 시작했다는 증거이므로 쾌감을 느꼈다. 나는 이런 식으로 내 광장을 지었다. 내가 이 광장을 보유해 마땅하다는 사실에 아무도 토를 달지 못할 것이다.

나는 이 광장에 먹이를 모아 두었다. 굴집 내부에서 사냥한 노획물 가운데 당장 필요한 분량을 뺀 나머지와 굴 밖에서 사냥한 먹이를 모두 이곳에 쌓아 두었다. 광장의 공간은 반년 분의 식량으로도 다 못 채울 만큼 컸다. 나는 먹이를 넓게 펼쳐놓은 후 그 사이를 이리저리 돌아다녔고, 먹이를 가지고 놀기도 했다. 식량이 충분하다는 사실을 확인하고 다양한 냄새를 맡으며 흡족해했고, 전체 재고를 정확히 확인할 수도 있었다. 거듭해서 정돈을 새로 할 수도 있었고, 계절에 맞춰 필요한 예산과 사냥 계획을 세울 수도 있었다. 어떤 때는 너무나 잘 먹다 보니 먹는 게 귀찮아 이곳을 획 지나가는 작은 족속에는 손도 대지 않았다. 이런 행동은 다른 관점에서 보면 조심스럽지 못한 일이기도 했다. 적의 공격에 대비하는 작업을 자주 하다 보니 이 건축물을 방어 목적으로 이용하는 데 대한 내 견해가 달라지거나 발전하는 결과를 낳았다. 물론 이러한 변화는 작은 범위에 그쳤다. 때로는 광장에만 방어 기지를 두는 조치가 위험하다고 생각되었다. 이 건축물이 지닌 다채로운 공간은 다양한 가능성을 제공한다. 생각이 여기에 이르자 식량의 일부를 몇 군데 작은 마당에 분산 보관하는 편이 더 안전해 보였다. 그래서 이를테면 마당 세 군데 중 하나는 비상식량 보관소, 네 개 중 하나는 중앙식량보관소, 두 개에 하나는 보조식량보관소 등으로 정했다. 또는 적을 속이기 위한 목적으로 몇몇 통로에 먹이를 쌓아 길을 막기도 하고, 갑자기 변덕을 부려 중앙출구와의 거리에 따라 마당 몇 개만 고르기도 했다. 그런데 이런 계획을 새로 세울 때마다 운반 작업이라는 힘든 노동이 뒤따른다. 나는 다시 계산하고 짐을 이리 옮기고 저리 옮긴다. 물론 그 일은 서두르지 않고 차분하게 할 수 있는 일이다. 좋은 음식을 입으로 물어 옮기고, 쉬고 싶을 때 쉬고, 당장 먹고 싶은 것이 있으면 먹는 생활은 조금도 나쁘지 않았다. 가끔은, 주로 자다 놀라 깼을 때 그런데, 현재의 분산 방식이 완전히 잘못된 계획인 것 같고 큰 위험을 초래할지도 모른다는 생각이 든다. 그럴 때면 졸음과 피로를 완전히 무시한 채 벌떡 일어나 급하게 뛰어다니고 펄펄 날아다닌다. 이럴 때는 계산할 시간이 없다. 하필 매우 치밀하게 짠 새 계획을 실행하려는 참에 닥치는 대로 입에 물고, 끌고, 한숨 쉬고, 신음하고, 발이 걸려 넘어지면서, 너무도 위험해 보이는 현재의 상태를 어떻게든 바꾸기만 하면 그것으로 됐다고 생각한다. 그리고 차츰 잠이 달아나고 완전히 정신이 들면 내가 왜 이렇게 서두르는지 의아해한다. 나는 스스로 깨뜨린 내 집의 평화를 가슴 깊이 들이마시고, 잠자리로 돌아가 새로이 찾아든 피로감에 곧바로 잠에 곯아떨어진다. 다시 잠이 깼을 때는 야간에 치른 작업이 꿈인 듯 여겨지지만, 부정할 수 없는 증거로 내 입에 쥐 한 마리가 물려 있다. 그러고 나면 또 먹이를 한 곳에 모아 두는 편이 가장 안전하게 생각되는 시간이 온다. 좁은 장소에 먹이를 나눠 보관한들 무슨 도움이 되겠는가? 거기에 얼마나 쌓아놓을 수 있다고! 그리고 무엇을 옮겨놓든 그것이 길을 가로막을 터이니 공격을 방어할 때나 달아날 때 방해만 될 뿐이다. 그뿐만 아니라 식량 전체를 한꺼번에 볼 수 없다면, 내가 가진 먹이를 한눈에 다 볼 수 없다면 그로 인해 자신감을 잃게 된다. 이것은 어리석은 생각이지만 분명한 사실이다. 이렇게 여러 곳에 분산 보관하면 잃는 게 많이 생긴다. 그렇다고 모든 것이 다 제자리에 있는지 확인하기 위해 만날 이리 뛰고 저리 뛰어다닐 수는 없지 않은가. 식량을 분산 보관한다는 기본 생각은 옳다. 하지만 내 광장과 같은 공간이 여러 개 있는 경우 그렇다는 얘기다. 그런 공간이 여러 개 있을 때! 그렇다! 하지만 그걸 누가 만든단 말인가? 이제 와서 그런 공간을 추가하는 일은 내 건축물 전체 설계에도 맞지 않는다. 거기에 내 건축물의 결함이 있다는 점은 나도 인정한다. 무엇이든 딱 하나만 갖춘 곳에는 항상 결함이 있는 법이다. 고백하거니와 이 집을 짓는 동안 내 의식 속에는 어렴풋하게나마 광장을 여러 개 만들라는 요구가 있었다. 내 의지가 강했더라면 분명 그 요구를 뚜렷이 인식할 수 있었을 것이다. 나는 그 요구에 따르지 않았다. 그 어마어마한 작업을 하기에는 내가 너무 약하다고 느꼈다. 그 작업의 필요성을 실현하기에 나는 너무 약했다. 나는 이 요구에 못지않게 어렴풋한 예감으로 자신을 위로했다. 일반적으로는 한 개로 충분하지 않겠지만 내 경우는 상황이 특별하므로, 왜냐하면 내 이마를, 압착 망치를 보존해야 하니까, 예외적으로 이번 한 번만은 한 개로도 충분하리라는, 선심 쓰듯 인정하는 예감이었다. 그래서 나는 광장을 하나만 만들었고, 이번 한 번이 광장 한 개로 충분한 그 한 번은 아니리라는 어렴풋한 예감은 사라졌다. 어쨌든 나는 이 한 개로 만족해야 했다. 여러 개의 작은 마당이 이 한 개의 광장을 대신하지는 못한다. 내 머릿속에서 이러한 생각이 굳어지자 나는 작은 마당에 갖다 둔 먹이를 모두 광장으로 도로 옮기기 시작했다. 그러고 나서 얼마 동안은 모든 마당과 통로가 비어 있다는 사실에 일종의 위안을 얻었다. 광장에 고기가 쌓여가는 모습을 지켜보았고, 여러 종류의 냄새가 섞여 멀리 가장 바깥쪽 통로까지 풍겼다. 그 냄새는 각기 고유의 매력으로 나를 유혹했고, 나는 멀리서도 그것이 무슨 냄새인지 구별할 수 있었다. 그러면 평온하기 그지없는 시간이 찾아들곤 했다. 나는 잠자리를 점차 바깥쪽에서 안쪽으로 옮기며 점점 더 냄새 속으로 깊이 파고들었는데, 어느 날 밤 더는 참지 못하고 광장으로 달려가 먹이에 둘러싸인 채 완전한 도취에 이를 때까지 내가 좋아하는, 내게 충만감을 주는 최상의 먹이를 순식간에 깨끗이 먹어치웠다. 행복하지만 위험한 시간이었다. 이 시간을 이용한다면 누구든 손끝 하나 다치는 일 없이 나를 간단히 없앨 수 있을 것이다. 여기서도 광장이 하나뿐이라는 상황은 부정적으로 작용했다. 한 곳에 쌓아놓은 커다란 식량 더미가 나를 유혹했기 때문이다. 나는 유혹을 물리치기 위해 다방면으로 노력했다. 작은 마당에 분산 보관하는 방법도 그런 조치 가운데 하나였다. 그러나 다른 유사한 조치들과 마찬가지로 이 방법을 썼을 때도 나는 포만감을 느끼지 못해 식욕만 더 강해졌고, 그 결과 판단력을 잃고 방어 계획을 마구 변경하기에 이르렀다.

이와 같은 시간이 지나고 나면 나는 집을 수리하곤 한다. 고칠 곳을 고치고 나면 내 주변에 쌓아둘 먹이를 구하기 위해 자주 집 밖으로 나간다. 물론 잠시 나갔다 올 뿐이다. 그럴 때조차 집을 오래 비우는 일이 내게는 너무나 가혹한 형벌처럼 느껴진다. 그래도 이따금 바람을 쐬어야 할 필요는 있다고 생각한다. 출구 쪽으로 다가갈 때면 나는 언제나 일종의 엄숙한 기분에 휩싸인다. 집 안에서 지낼 때는 출구를 비켜 다니고, 출구와 이어진 통로의 끝부분을 밟는 일조차 피한다. 사실 출구 앞을 어슬렁거리기는 결코 쉬운 일이 아니다. 그곳은 온통 조밀한 지그재그 구조로 되어 있기 때문이다. 내 건축 작업은 그곳에서 시작되었다. 당시 나는 이 굴집을 설계한 대로 완성할 수 있을지 전혀 확신이 없었다. 나는 이 좁은 모퉁이에서 놀이하듯 공사를 시작했고, 그곳에서 미로를 건설하는 재미에 푹 빠졌다. 그 당시 나는 미로 건축을 모든 건축의 제왕으로 여겼다. 오늘날 정확히 평가하자면 이 미로는 규모가 너무 작고, 내 건축물 전체의 품격에 어울리지 않는 흙장난이다. 이론적으로는 근사할지도 모른다. 그 당시 나는 보이지 않는 적들에게 "여기가 내 집 입구다"라고 비웃듯이 말했고, 그러자 적들이 모두 미로 입구에서 질식하는 모습이 눈앞에 그려졌다. 실제로는 벽이 너무 얇은 장난감에 불과하고, 제대로 공격을 가하거나 살기 위해 필사적으로 투쟁하는 적은 당해낼 수가 없다. 그러니 이 부분을 새로 지어야 할까? 나는 오래 망설이다 현재 상태 그대로 두기로 결정했다. 개축할 경우 할 일이 어마어마하게 많을 뿐만 아니라 생각할 수 있는 위험한 일 가운데 가장 위험한 일이 벌어질지도 모르기 때문이다. 집을 지을 당시에는 그곳이 다른 곳에 비해 많이 위험하지도 않았고 나는 비교적 평온하게 일할 수 있었다. 하지만 오늘날 건축 공사를 한다면 이는 겁도 없이 세상의 이목을 집중시키는 일이 될 것이다. 이제는 불가능한 일이다. 나는 이 첫 작품에 대해 모종의 민감한 감성이 작용한다는 사실이 기쁘기까지 하다. 그리고 입구를 어떻게 설계하든 심한 공격을 받는다면 어차피 살아남지 못한다. 이 입구는 적을 속일 수 있고, 다른 곳으로 유인할 수 있고, 공격자를 괴롭힐 수 있다. 이 입구도 필요시에는 그렇게 한다. 그러나 정말로 큰 공격에는 즉각 이 집의 모든 수단과 내 육체와 정신의 모든 힘을 동원해 맞서야 한다. 당연한 이야기다. 그러므로 이 입구는 그대로 두기로 했다. 이 집에는 자연에 의해 어쩔 수 없이 생긴 수많은 약점이 있고, 게다가 내 손이 빚은, 비록 나중에야 알았지만 분명히 알고 있는 결함도 있다. 그렇다고 이 모든 약점과 결함이 가끔 혹은 항상 나를 불안하게 만든다는 말은 아니다. 일상에서 이 부분을 피해 다니는 이유는 무엇보다도, 결함을 보는 일이 유쾌하지 않기 때문이다. 결함은 너무도 자주 내 머릿속을 복잡하게 만들지만, 매번 내 집의 결함을 내 눈으로 확인하고 싶지는 않다. 근절할 수 없는 결함이 저 위 입구에 떡 버티고 있을지언정 피할 수 있는 한은 그 모습을 피하고 싶다. 내가 출구 쪽 방향으로 가기만 해도, 마당과 통로가 가로막아 출구와는 떨어져 있는데도 커다란 위험이 감도는 곳으로 들어온 것만 같은 느낌이다. 때때로 내 털가죽이 얇아지는 듯하고, 머지않아 벌건 맨살이 드러날 것 같은 기분이 들면, 그 순간 적들이 울부짖는 소리와 맞닥뜨릴 것만 같다. 물론 출구라는 것 자체가 이런 느낌을 준다. 집안의 보호가 끝나는 곳. 그러나 나는 이 입구의 건조^{建造} 상태 때문에 특히 더 괴롭다. 때때로 나는 이 입구를 개조하는 꿈을 꾼다. 완전히 새로운 구조로 짓는 꿈. 신속하게, 어마어마한 힘으로 하룻밤 사이에, 아무도 모르게 짓는 꿈. 불가능한 일일지언정 그런 일이 일어나는 꿈은 단꿈 중의 단꿈이며 잠에서 깨어보면 기쁨과 구원의 눈물이 수염에 맺혀아롱거린다.

밖으로 나갈 때는 이 미로가 주는 고통을 육체적으로도 극복해야 한다. 가끔은 내가 만든 미로에서 잠시 헤맬때도 있다. 그럴 때면 화가 나는 동시에 감격하기도 하는데, 이 작품에 대해서는 이미 오래전에 확고한 평가를 내렸음에도 작품 입장에서는 여전히 존립할 자격을 증명하고자 애쓰는 것 같다. 이제 나는 이끼 덮개 아래 와 있다. 웬만하면 집 밖으로 나가지 않다 보니 덮개를 건드릴 일이별로 없었고, 이끼층은 이제 주변의 땅과 붙어버렸다. 머리로 한번 받기만 하면 밖이다. 이 간단한 동작을 나는 선뜻실행하지 못한다. 어렵게 빠져나온 미로로 되돌아가야 하는 상황만 아니라면 나는 오늘 분명 단념하고 돌아섰을 것이다. 뭐라고? 네 집은 안전해. 내부는 차단되어 있어. 너는평화롭게 살고 있잖아. 따뜻하게. 잘 먹으면서. 너는 왕이야. 혼자 수많은 마당과 통로를 다스리는 왕. 설마 이걸 모두 포기할 생각이야? 분명 어느 정도는 포기할 마음이 있지? 너는 되찾을 수 있다고 확신하지만 그걸 걸고 도박을할 셈이야? 판돈이 그토록 큰 도박을? 그럴 만한 합리적인이유가 있다고? 아니. 그런 일에는 합리적인 이유가 있을 수 없어! 나는 벼락닫이 문을 조심스럽게 밀어 올리고 밖으로 나와 조심스럽게 문을 내려 닫은 후 있는 힘껏 달려 그 은밀한 장소를 벗어난다.

사실 밖으로 나와도 자유롭지 않다. 물론 통로에 숨어 사냥감을 기다리지 않고 탁 트인 숲에서 사냥을 하면 내 몸에서 힘이 샘솟는다. 굴집에서는 그 힘을 쓸 데가 없다. 광장에서조차 그렇다. 광장이 지금보다 열 배 더 크다고 해도 마찬가지다. 먹는 것도 밖에서 더 잘 먹는다. 비록 사냥은 더 힘들고 성공할 확률도 더 낮지만, 그 결과는 어느 모로 보나 더 높게 평가할 수 있다. 나는 이 모든 사실을 하나도 부정하지 않고 인지하고 즐길 줄 안다. 적어도 남들만큼은 아니, 남들보다 훨씬 더 잘 안다. 왜냐하면 나는 경솔하게 또는 필사적으로 아무 데나 마구 돌아다니지 않고 목표 의식을 가지고 침착하게 사냥하기 때문이다. 나 또한 자유롭게 살 운명을 타고나지도 않았고, 그런 운명이 찾아오지도 않았다. 내 시간은 한정되어 있고 여기서 한없이 사냥만 할 필요는 없다는 사실도 알고 있다. 누군가 어떤 식으로든 나를 자기 곁으로 부를 것이고 내가 원한다면, 그리고 밖에서 활동하느라 피곤해지면 나는 그 초대를 거부하지 못할 것이다. 나는 이렇게 이곳에서 보내는 시간을 만끽하고 근심 없이 지낼 수 있다. 그런데 그럴 수는 있지만 그러지는 못한다. 굴집에서 할 일이 너무 많기 때문이다. 나는 입구를 얼른 벗어났지만 곧 다시 그곳으로 돌아간다. 나는 숨기 좋은 장소를 찾아 내 집 입구를, 이번에는 밖에서, 몇 날 며칠 밤낮으로 엿본다. 바보 같은 짓이라고 말하겠지만 그럴 때 나는 말로 표현할 수 없는 희열을 느끼고 마음도 놓인다. 그럴 때는 내가 내 집 앞이 아니라 나 자신 앞에 있는 듯 느껴지고, 자면서도, 운 좋게 곧바로 깊은 잠에 빠지면, 나 자신을 엄중하게 감시할 수 있을 것 같다. 나는 잠을 자고 있는 절망적인 동시에 마음이 솔깃한 상태에서뿐만 아니라, 침착한 판단력을 갖추고 깨어 있는 원기 왕성한 현실에서도 밤의 유령을 제법 잘 본다. 그리고 내 집 안으로 내려갈 때면 기이하게도, 예전에도 여러 번 그랬고 아마 앞으로도 그럴 테지만, 내가 처한 상황이 그리 나쁘다고 생각되지 않는다. 이러한 관점에서 볼 때, 물론 다른 관점에서도 그렇지만 이러한 관점에서는 특히, 이와 같은 외출은 반드시 필요한 일이다. 물론 나는 세심하게 외진 곳에 입구를 정했지만, 1주일 동안 관찰해보니 그 앞에서 일어나는 왕래가 매우 활발하다. 아마도 주거할 만한 지역이라면 다 그럴 것이다. 그러니 왕래가 활발한 곳에 사는 편이 오히려 더 좋을지도 모른다. 북적거리는 곳에서는 저절로 흩어지게 마련이지만, 한산하기만 한 곳이라면 먹잇감을 천천히 찾아다니는 유능한 침입자에게 금세 발각되기 십상이다. 이곳에는 적이 많고 적과 공조하는 놈들은 더 많다. 하지만 그놈들은 자기들끼리도 서로 싸우느라 내 굴집은 그냥 지나친다. 그동안 이 입구에서 어슬렁거리는 놈은 한 놈도 본 적이 없다. 나한테도 그놈한테도 다행스러운 일이다. 왜냐하면 나는 굴집 걱정에 앞뒤 안 가리고 그놈 목덜미를 향해 몸을 던졌을 테니까. 물론 내가 근처에도 가기 싫어하는 족속이 온 적도 있다. 멀리서 그놈들이 온다는 사실을 감지하기만 해도 나는 달아나야만 했다. 그놈들이 내 굴집 앞에서 어떻게 했는지 사실 나는 전혀 모른다. 아무튼 나는 곧 돌아왔고, 그 족속은 보이지 않았으며, 입구는 조금도 손상되지 않았다. 그 사실만으로도 안심하기에는 충분하다. 한때는 내가, 이 세상의 나에 대한 적대 관계가 끝났거나 적개심이 진정되었다고 또는 굴집의 위력이 지금까지의 섬멸 전쟁에서 나를 구했다고 말할 뻔했던 행복한 시절이 있었다. 아마도 이 굴집은 지금까지 내가 생각했던 것보다 혹은 그 안에 살면서 생각했던 것보다 더 안전할 것이다. 심지어 굴집으로 돌아가지 않고 아예 입구 근방에 자리 잡은 채 입구를 관찰하며 일생을 보내고 싶다는, 내가 집 안에 있을 때면 집이 나를 단단히 지켜주듯이, 언제나 입구를 지켜보며 거기서 행복을 찾고 싶다는 황당무계한 소망이 생기기까지 했다. 그러나 황당한 꿈을 꾸면 놀라서 얼른 깨기 마련이다. 내가 여기서 관찰을 한다고 무슨 보호가 되는가? 집 안에서 느끼는 위험을 여기 바깥에서 얻은 경험을 바탕으로 판단해도 되는가? 내가 집 안에 없으면 적들이 내 냄새를 제대로 맡을 수 있는가? 내 냄새 가운데 몇 가지는 적들도 분명 맡을 수 있다. 하지만 다는 아니다. 일반적으로 적이 내 냄새의 구성 요소 전체를 인지할 때 비로소 위험하다고 말할 수 있지 않은가? 따라서 내가 여기서 기울이는 노력은 필요한 노력의 절반 아니, 십 분의 일에 지나지 않는다. 이곳은 내가 안도감을 얻기에 적합한 곳이지만 결국 잘못된 안도감으로 극단의 위험에 처하고 말 것이다. 그렇듯! 나는 내 잠을 관찰한다고 생각하지만 실은 파괴자는 깨어 있는데 나는 자고 있는 상황이다. 어쩌면 그놈은 무심코 입구 앞을 어슬렁거리는 놈들 가운데 있을지도 모른다. 그놈들은 나와 다를 바 없이, 문이 여전히 멀쩡하고 언젠가 공격을 받으리라는 사실만을 확인한 채 입구를 지나친다. 집주인이 안에 없다는 사실을 알고 있으므로. 어쩌면 그놈들은 집주인은 아무것도 모른 채 바로 옆 수풀에 매복하고 있다는 사실까지 알고 있는지도 모른다. 나는 관찰 장소를 떠난다. 나는 집 밖의 생활에 싫증이 났고, 여기서 더는 배울 것이 없다. 지금뿐만 아니라 나중에도. 나는 이곳의 모든 것과 작별하고 굴 안으로 내려가 다시는 나오고 싶지 않다. 쓸데없는 관찰로 어떻게 하려 할 게 아니라 될 대로 되라 하고 내버려 두고 싶다. 하지만 입구에서 무슨 일이 일어나는지 모두 관찰한 터에 하필 이목을 끌 수 있는 하강 동작을 하려니 너무도 두려웠다. 내 등 뒤에서 무슨 일이 일어날지 어찌 알겠는가? 그리고 벼락닫이 문이 다시 닫힌 후에는 또 무슨 일이 일어날지 어찌 알겠는가? 나는 우선 폭풍이 부는 밤에 노획물을 얼른 아래로 던지는 일부터 시작했다. 그 일은 성공한 것 같지만 정말로 성공했는지는 내가 직접 아래로 내려가야만 알 수 있다. 정말로 성공했는지 알 기회가 안 올지도 모른다. 아니면 알게는 되겠지만 때는 이미 늦을 수도 있다. 나는 내려가기를 단념한다. 나는 진짜 입구에서 충분히 떨어진 위치에 임시로 굴을 판다. 내 몸길이보다 길지 않게 파고 이끼 덮개로 막았다. 나는 굴 안으로 기어들어 간 후 굴을 막고 주의 깊게 기다린다. 하루 중 각기 다른 시각에 맞춰 시간을 길게도 짧게도 산정한다. 그런 다음 이끼 덮개를 걷어치우고 나와 내가 관찰한 바를 똑똑히 새긴다. 여러 가지 좋고 나쁜 경험을 했지만, 하강 동작의 일반 법칙이나 실패 없이 성공하는 방법은 찾지 못했다. 그 결과 나는 아직 진짜 입구 아래로 내려가지 못했고, 머지않아 내려가야 한다는 사실에 절망했다. 나는 멀리 떠날 결심을 하기 일보 직전이다. 삭막하기만 한 과거의 삶으로 되돌아갈 결심. 전혀 안전하지 않은 온갖 위험이 하나로 뭉뚱그려진 삶으로. 내 안전한 굴집과 여타의 삶을 비교하면 언제나 정확히 알 수 있는데도 위험이 하나하나 뚜렷이 보이지 않고, 따라서 위험한 줄도 모르는 삶으로. 물론 그런 삶을 다시 선택하려는 결심은 너무 오래 무의미한 자유를 누리며 산 탓에 하게 되는 완전히 미친 짓이다. 굴집은 여전히 내 것이고, 한 걸음만 더 나아가면 나는 안전하다. 나는 모든 불안감을 떨쳐버리고 벌건 대낮에 곧바로 문을 향해 내달리기 시작한다. 확실하게 문을 들어 올리려 하지만 그러지 못하고 지나쳐 일부러 가시덤불에 몸을 던진다. 나 자신에게 나도 모르는 잘못에 대해 벌을 주기 위해. 결국 내가 옳았다는 결론을 내릴 수밖에 없다. 내가 가진 귀한 것을 두고 가지 않는 한, 땅바닥에, 나무 위에, 허공에 잠시만이라도 내맡기지 않는 한 굴 안으로 내려가는 일은 정말로 불가능하다고 말할 수밖에 없다. 그리고 위험은 상상이 아니라 분명히 현존한다. 어쩌면 원래 내 적이 아니었는데 내 뒤를 쫓고 싶은 마음이 동하는 놈도 생길 수 있다. 어떤 천진난만한 어린놈도, 혐오스러운 작은 생명체도, 얼마든지 호기심에 내 뒤를 쫓을 수 있고, 그 결과 자신도 모르게 나를 적대시하는 세상의 지도자가 될 수도 있다. 아닐 수도 있다. 어쩌면 앞의 경우보다 덜 나쁘다고 말할 수 없는 경우인데, 나와 같은 놈일 수도 있다. 어떤 점에서는 이 경우가 최악의 경우일 수도 있다. 건축물에 대해 잘 아는 놈. 집을 볼 줄 아는 놈. 숲을 좋아하고 자유를 사랑하는, 하지만 집은 안 짓고 살려는 난잡한 불량배. 만약 그놈이 지금 온다면, 더러운 욕망으로 내 입구를 발견한다면, 이끼를 들어 올리기 시작한다면, 그리고 성공한다면, 나 대신 그놈이 안으로 비집고 들어간다면, 마침 그놈 엉덩이가 채 다 들어가기 전에 내게 들킨다면, 그 모든 일이 일어난다면, 나는 마침내 그놈을 쫓아가 앞뒤 생각 없이 그놈에게 달려들어 그놈을 물고, 살을 뜯고, 찢고, 피를 빨고, 그놈의 시체를 다른 먹이 위에 얹어놓을 것이다. 그리고 무엇보다도 이것이 핵심인데, 나는 드디어 다시 내집에 돌아와 있을 것이고, 이번에는 미로를 보고 기꺼이 감탄할 것이고, 하지만 우선은 머리 위로 이끼 덮개를 잡아당겨 닫고, 아마도 내 여생 전부를 그곳에서 편안히 보내겠노라 다짐할 것이다. 그러나 아무도 오지 않았고 나는 여전히 혼자다. 나는 계속해서 문제의 심각성에 열중하다 보니 두려움이 많이 사라졌다. 이제 밖에서도 입구를 비껴가지 않게 되었고, 입구 주위를 맴도는 일을 즐기게 되었다. 마치 내가 적이 되어 침입에 성공할 적당한 기회를 노리는 것 같았다. 내게 믿을 만한 놈이 있었다면, 관찰 초소에 세워 둘 놈이 있었다면 안심하고 내려갔을 텐데! 내가 믿는 그 놈은 내가 내려가는 상황과 그 후의 긴 시간을 철저히 관찰하고, 위험 징후가 발견되면 이끼 덮개를 두드리고, 아니면 두드리지 않기로 나와 약속했을 것이다. 그러면 내 머리 위는 깨끗이 처리되어 아무것도 남지 않을 것이다. 기껏해야 내가 믿는 그놈만 남을 것이다. 그러면 그놈이 대가를 요구하지 않을까? 최소한 굴집을 구경하려 하지 않을까? 누군가를 내 집에 들여놓는 일만으로도 나는 대단히 곤란해질 것이다. 나는 이 집을 나를 위해 지었다. 방문객을 위해 지은 집이 아니다. 나는 그놈을 집 안으로 들이지 않을 것이다. 그놈 덕분에 집 안으로 들어올 수 있었다 하더라도, 내가 그놈을 들이는 일은 없을 것이다. 그놈을 들일 수도 없을 것이다. 왜냐하면, 그놈 혼자 내려가게 하거나 우리 둘이 같이 내려가야 할 텐데, 그놈 혼자 들여보내는 일은 상상 불가능한 일이고, 같이 내려간다면 그놈이 내게 제공할 이점 즉, 내 뒤를 봐준다는 이점은 사라지고 만다. 신뢰는 또 어떤가? 눈을 서로 마주 볼 때는 믿을 수 있지만 안 보일 때도, 이끼 덮개가 서로를 갈라놓았을 때도 믿을 수 있는가? 상대방을 감시할 때는, 적어도 감시할 수 있을 때는 비교적 믿기가 쉽다. 심지어 멀리 떨어진 곳에서도 믿을 수 있다. 그러나 굴집 안에서, 그러니까 다른 세상에 있으면서 외부에 있는 누군가를 완전히 믿는 일은 나는 불가능하다고 생각한다. 그러나 이런 의심은 할 필요도 없다. 내가 내려가는 동안 또는 내려간 뒤에, 살면서 우연히 맞닥뜨리게 되는 수많은 일들이 내가 믿는 그놈의 의무 수행을 방해할 수 있고, 그놈이 나를 조금만 방해하더라도 내게 어떤 끔찍한 결과가 닥칠지를 생각하기만 하면 된다. 그렇다. 모든 것을 종합해보면 내가 혼자이고 믿을 놈이 없다는 이유로 불평을 해서는 안 된다. 그로 인해 내가 손해 보는 일도 없고 오히려 피해를 미리 막을 수도 있을 것이다. 나는 나 자신과 굴집만을 믿을 뿐이다. 나는 이 점을 진즉에 생각했어야 했고 지금 이토록 고민하고 있는 상황에 대비해 예방조치를 취했어야 했다. 공사 초기에 적어도 부분적으로 할 수 있었을 것이다. 첫 번째 통로에 적당한 간격을 두고 두 개의 입구를 냈어야 했다. 그랬다면 나는 온갖 번거로움을 무릅쓰고 두 개의 입구 중 하나를 통해 내려간 후, 통로를 지나 다른 입구까지 빠르게 달려간 다음, 그곳에 용도에 맞게 설치한 이끼 덮개를 조금 열고, 거기서 몇 날 며칠 밤낮으로 상황을 정탐할 수 있었을 것이다. 그렇게만 하면 되었을 것이다. 입구가 둘이면 위험도 두 배가 되지만 여기서 그런 걱정은 침묵해야 할 것이다. 더구나 정찰 장소로 쓰려는 입구는 좁아도 되니까. 나는 기술적인 궁리에 빠져들었다. 나는 완벽한 굴집을 짓는 내 꿈을 다시 한번 그리기 시작했다. 그러자 내 마음이 조금 진정되었고, 몰래 드나들 수 있는 확실한 건축 구조와 조금은 불확실한 건축 구조를 눈을 감고 황홀하게 바라보았다. 내가 이렇게 누워 건축 구조를 생각할 때는, 그 구조들을 매우 높이 평가하지만, 단지 기술적인 성과로서만 높이 평가할 뿐 진정한 장점이기에 높이 평가하는 것은 아니다. 왜냐하면 자유롭게 드나드는 일, 그것이 대체 무엇인가? 그것은 불안한 감각 기능을 의미한다. 불안정한 자신감과 깨끗하지 못한 욕망을 의미하며 못된 성질을 의미한다. 그곳에 있는 굴집 앞에서 마음을 활짝 열기만 하면 굴집은 평화를 아낌없이 퍼준다. 굴집의 이런 성품을 알고 나면 못된 성질이 더 나빠질 것이다. 물론 나는 지금 그 굴집 밖에서 돌아갈 궁리를 하고 있다. 그러기 위해서는 용도에 맞는 기술적 설비가 대단히 절실하다. 아니, 어쩌면 그다지 절실하지 않을지도 모른다. 나는 이 굴 안으로 가급적이면 안전하게 기어들어 가려고 애쓴다. 이 굴집을 단지 안전한 동굴로만 생각한다면 이는 공포감으로 불안한 탓에 순간적으로 굴집을 매우 낮게 평가하는 행위가 아닐까? 물론 이 굴집이 바로 그 안전한 동굴이다. 또는 그래야 할 것이다. 그러므로 내가 위험에 처한 상황을 상상하면, 그럴 때 나는 이 굴집은 단지 내 생명을 구하기 위해 판 구멍일 뿐이라고, 이 분명하게 제시된 의무를 굴집은 최대한 완벽하게 실행한다고 이를 악물어 가며 흔들림 없는 의지로 굳게 믿을 것이다. 그리고 나는 이 굴집에 다른 어떤 의무라도 부과할 용의가 있다. 그러나 실상은 다르다. 일반적으로 현실을 직시하는 눈은 심각한

곤경에 처한 상황에서도 기대하기 어렵다. 그런 눈은 피해를 입은 후에도 훈련을 해야만 얻을 수 있다. 이 굴집은 매우 안전하지만 여전히 불충분하다. 굴집에 있을 때면 모든 근심이 완전히 사라지던가? 굴집 안에는 다른 근심거리가 있다. 더 당당하고 더 내실 있는 근심이다. 그리고 이런 근심은 때때로 멀리 물러나기도 한다. 그러나 그 영향력이 점차 줄어드는 현상은 아마도 집 밖의 삶에서 얻는 근심의 영향력이 점차 줄어드는 현상과 같은 이치일 것이다. 내가 오직 내 생명을 안전하게 보호하기 위해 이 공사를 했다면, 비록 내가 속지는 않았을지언정, 어마어마한 노동과 실제 보호 기능의 비율은, 내가 안전하다고 느낄 수 있는 범위를 생각할 때, 내가 그 보호 기능 덕을 볼 수 있는 범위를 생각할 때, 효율적이지 않다. 이 사실을 인정하기는 매우 고통스럽다. 하지만 지금 내게, 건축가이자 소유주인 내게 등을 돌리고 있는, 심지어 제대로 긴장하고 있는 저 입구를 생각하면 그 사실을 인정해야만 한다. 그러나 이 굴집은 단지 구원을 위한 구멍이 아니다. 내가 광장에 서면 높이 쌓인 비축용 고기 더미가 나를 둘러싸고 내 얼굴은 열 개의 통로를 향한다. 여기서부터 시작되는 이 통로들은 각각 광장 전체에 특별히 맞춰 설계했으며, 내려가기도 하고 올라가기도 하고, 뻗어 있기도 하고 둥글게 휘기도 하며, 점점 넓어지기도 하고 점점 좁아지기도 한다. 그리고 모두가 똑같이 조용하고 깔끔하며 각각이 나름의 방식으로 그 많은 마당으로 안내한다. 이 마당 또한 모두 조용하고 깔끔하다.

그럴 때면 안전에 대한 근심은 멀리 사라지고 나는 이곳이 내 성城이라는 사실을 확실히 깨닫는다. 완강한 땅바닥을 할퀴고 물고 짓밟고 부딪쳐 얻은 나의 성. 나 아닌 그 누구도 결코 가질 수 없는 나만의 성. 나는 마지막 순간에 이곳에서 적이 내게 가한 치명상을 조용히 받아들일 것이다. 그러면 내 피는 이곳 내 바닥에 스며들 뿐 사라지지 않을 것이다. 이들 통로에서 반은 평화롭게 잠든 채, 반은 깬 상태로 즐겁게 보낸 아름다운 시간의 의미가 이와 다를 바가 있는가? 통로들은 내가 기분 좋게 몸을 뻗을 때, 아이처럼 뒹굴 때, 꿈꾸듯 누워 있을 때, 그리고 영면에 들 때를 대비해 내게 꼭 맞게 설계되었다. 그리고 작은 마당들도 내게는 매우 익숙하다. 모든 마당이 완전히 똑같지만, 나는 마당 벽의 곡선을 통해 눈을 감고도 뚜렷이 구별할 수 있다. 그 벽들은 나를 평화롭고 따뜻하게 감싼다. 그 어떤 새 둥지도 새를 그토록 평화롭고 따뜻하게 감싸지는 못할 것이다. 그리고 모든 것, 모든 것이 조용하고 깔끔하다.

그렇다면 나는 왜 망설이는가? 나는 왜 내 굴집을 다시는 못 볼 가능성보다 침입자를 더 두려워하는가? 다행히도 이 가능성은 불가능성이다. 이 굴집이 내게 어떤 의미인지는 오래 생각하지 않아도 이미 잘 알고 있다. 나와 굴집은 하나다. 나는 내가 느끼는 모든 두려움 속에서도 그냥, 그냥 이곳에 정착할 수 있을 것이다. 나 자신을 극복하려는 노력도, 입구에 대한 모든 고민을 던져버리려는 노력도 할 필요가 전혀 없을 것이다. 그럴 정도로 나와 굴집은 서로

떼려야 뗄 수 없는 일심동체다. 그러니 아무것도 안 하고 기다리기만 하면 될 것이다. 그 무엇도 우리를 영원히 갈라놓을 수는 없으니까. 나는 어찌해서든 결단코 땅굴 밑으로 내려가게 될 것이다. 그런데 그때까지 시간이 얼마나 흐를 것이고, 그 시간에 얼마나 많은 일이 일어날 것인가? 여기 땅 위에서. 그리고 저기 땅 밑에서도. 그 시간을 줄이느냐, 그리고 필요한 일을 당장 하느냐, 이 문제는 오로지 내게 달렸다.

이제 너무 졸려서 생각할 수도 없다. 나는 머리를 푹 숙인 채 불안한 다리로, 반쯤 잠이 든 상태로, 걷는다기보다 더듬으면서 입구로 다가간다. 서서히 이끼를 걷고 천천히 내려가, 문 닫기를 잊고 입구를 쓸데없이 오래 열어둔 채 멍하니 서 있다, 마침내 문을 닫으려고 다시 올라간다. 그런데 왜 올라가지? 이끼 덮개를 끌어당기기만 하면 되는데! 나는 다시 내려가 마침내 이끼 덮개를 끌어당긴다. 이런 상태에서만, 오로지 이런 상태에서만 이 일을 완수할 수 있다니! 그런 다음 이끼 덮개 아래 던져놓은 노획물 위로 몸을 눕힌다. 이제 피와 고기즙에 둘러싸여 갈망하던 잠을 청할 수 있을 것이다. 나를 방해하는 것은 아무것도 없다. 아무도 나를 쫓아오지 않았다. 이끼 덮개 위는 적어도 아직은 조용한 듯하다. 설사 조용하지 않다 하더라도 지금은 관찰이고 뭐고 다 귀찮다. 나는 장소를 바꾸었다. 지상 세계에서 내 땅굴로 돌아왔고, 나는 그 효과를 즉시 느낀다. 여기는 다른 세상이다. 새 힘이 샘솟고, 저 위의 피로는 여기서는 피로가 아니다. 나는 고된 여행에서 돌아와 정신을 못 차릴 정도로 고단하다. 그러나 나는 옛집과 다시 만났다. 정리정돈할 일이 나를 기다리고 있다. 나는 모든 공간을 얼른 한번 둘러보기라도 해야 한다. 특히 광장은 얼른 달려가 보고 싶다. 이 모든 것이 내 피로를 흥분과 열정으로 바꿔놓는다. 마치 내가 굴집에 발을 들여놓는 순간 길고 깊은 잠을 자고 일어난 것 같다. 맨 처음 할 일은 매우 까다롭고 수고스러운 일이다. 노획물을 벽이 약한 미로의 좁은 통로 사이로 옮겨야 한다. 나는 온 힘을 다해 노획물을 앞으로 민다. 앞으로 나아가기는 하는데 너무 느리다. 속도를 높이기 위해 고기 무더기의 일부를 뒤로 잡아채고 남은 무더기를 뚫고 지나간다. 이제 내 앞에는 노획물의 일부만 놓여 있다. 그것을 앞으로 옮기는 일은 좀 수월하다. 그래도 이 좁은 통로를 고기가 가득 채우고 있는 탓에 나 혼자서도 통로를 지나기는 쉽지 않다. 내가 내 먹이에 묻혀 질식할 지경이다. 고기 더미에 깔리지 않으려면 때때로 노획물을 먹어치워야 한다. 하지만 운반은 해결된다. 나는 시간을 너무 오래 끌지 않고 운반을 끝낸다. 미로는 통과했다. 이제 정식 통로에 서서 숨을 몰아쉰다. 그러고는 연결 통로를 통해 노획물을 중앙 통로로 옮긴다. 중앙 통로는 이런 경우를 대비해 특별히 설치한 통로인데, 심한 경사를 이루며 광장으로 연결된다. 지금부터는 일도 아니다. 모든 것이 저절로 구르고 흘러서 아래로 내려간다. 드디어 광장이다! 드디어 쉴 수 있다! 모든 것이 변함없이 그대로다. 큰 사고는 없었던 듯하다. 바로 눈에 띈 작은 손상은 얼른 고치면 된다. 그 전에 통로를 따라 이어지는 긴 시찰만 남았다. 그 일은 일이 아니라 친구들과 나누는 잡담이다. 오래전에 그랬듯이. 사실 나는 별로 늙지 않았는데도 이미 많은 기억들이 완전히 흐려졌다. 예전에는 친구들끼리 흔히 하듯이 아마 나도 그렇게 잡담을 했을 것이다. 아니면 친구들끼리는 흔히 어떻게 잡담을 나누는지 들어서 알고 있거나. 이제 두 번째 통로부터 일부러 천천히 시작한다. 광장에 도달했으니 시간은 한없이 많다. 굴집에서는 언제나 시간이 한없이 많다. 내가 여기서 하는 일은 모두 좋은 일이고 중요한 일이며 내가 분명 충만감을 느끼는 일이다. 나는 두 번째 통로에서 시작해 중간에 시찰을 중단하고 세 번째 통로로 건너가 거기서 광장으로 돌아온다. 물론 두 번째 통로로 다시 돌아가야 하는데, 이렇게 나는 일과 놀고, 일을 더 만들고, 혼자 웃고 즐거워한다. 그러고는 그 많은 일에 도통 어찌할 바를 모른다. 하지만 일을 포기하지는 않는다. 너희들 때문에, 통로들아! 마당들아! 그리고 특히 너, 광장아! 너희들 때문에 내가 돌아왔다. 오랫동안 목숨 때문에 벌벌 떨며 너희들에게 돌아오기를 망설이는 어리석은 짓을 한 뒤로는 어떤 이유로도 목숨을 생각하지 않는다. 이제 너희들 곁에 있는데 무엇을 걱정하랴! 너희들은 내 일부고 나는 너희들의 일부다. 우리가 하나로 뭉쳤는데 무엇이 두려우랴! 저 위에서는 거기 사는 족속들이 벌써 몰려와 주둥이로 이끼 덮개를 누르려는 참인지도 모른다. 그러나 굴집은 특유의 무언無言과 공허감으로 나를 맞이하며 내 말에 힘을 실어준다. 갑자기 긴장이 풀린다. 나는 좋아하는 마당 가운데 하나를 골라 그곳에서 조금 뒹군다. 다 둘러보려면 아직도 멀었다. 하지만 계속 둘러볼 것이다. 여기서 자려는 게 아니다. 다만 잘 준비를 할 때와 같이 편한 자세를 취하라는 유혹에 빠질 뿐이고, 예전과 마찬가지로 지금도 여기서 편한 자세가 잘 되는지 확인하려는 것이다. 잘 된다. 하지만 나는 몸을 일으키는 데 실패하고 그대로 깊은 잠에 빠지고 만다.

　　나는 매우 오래 잔 것 같다. 저절로 스러져가는 수면의 끝자락에서 깼는데, 잘 들리지도 않는 쉬쉬 소리에 깬 걸로 보아 그 순간의 잠은 매우 얕았던 모양이다. 나는 곧바로 그 소리의 실체를 알아차렸다. 작은 짐승이 내가 없는 사이에 어디엔가 새길을 냈고, 이 길이 기존의 길과 만나는 지점에서 공기의 흐름이 방해를 받아 쉬쉬 소리가 나는 상황이었다. 나는 그놈에 대한 감시를 너무 소홀히 했고, 결국 그놈을 너무 많이 봐줬다. 이놈의 족속은 쉬지도 않는다. 짜증이 날 정도로 근면한 족속이다. 나는 우선 내 통로 벽에 귀를 대고 소음의 진원지를 찾아낸 다음, 임시로 굴을 파고 그 장소를 확인한 후에야 비로소 그 소음을 제거할 수 있다. 새로 낸 굴이 어떻게든 이 집의 구조와 맞는다면 통기구가 하나 더 생기는 일이니 내게도 좋은 일이다. 하지만 이제부터는 그 쪼끄만 녀석을 제대로 감시할 것이다. 더는 봐주지 않는다.

나는 이런 조사를 많이 해봤으므로 오래 걸리지 않을 것이다. 나는 당장 일에 착수할 수 있다. 그 일 외에도 할 일이 있지만 이 일이 가장 시급하다. 내 통로는 조용해야 한다. 사실 이 소음은 비교적 무난한 소음이다. 내가 집에 왔을 때 분명 소리가 나고 있었을 텐데도 나는 듣지 못했다. 그 소리를 듣기 위해서는 먼저 집에 완전히 적응해야 한다. 그 소리는 말하자면 집주인에게만 들리는 소리다. 더구나 이런 소음은 보통 끊이지 않고 지속되는데, 이 소리는 그렇지도 않다. 한참 동안 소리가 안 날 때도 있다. 분명 공기가 흐르지 않고 정체될 때 그럴 것이다. 나는 조사에 착수했지만 공격 지점을 찾는 데 실패했다. 몇 군데 구덩이를 팠지만 짐작으로 팠을 뿐이다. 이런 방식으로야 당연히 아무런 소득도 얻지 못한다. 힘들게 구덩이를 파고 더 힘들게 막고 매끄럽게 고르는 작업은 모두 허사가 되었다. 나는 소음이 나는 장소에 조금도 가까이 가지 못했다. 그 소리는 일정한 간격을 두고 변함없이 가늘게 울렸다. 한번은 쉬쉬 했다, 한번은 휘휘 했다 하면서. 당분간 소리가 나도록 내버려 둘 수도 있을 것이다. 매우 거슬리기는 하지만 내가 짐작한 위치가 소음의 진원지라는 사실에는 아마도 의심의 여지가 없을 것이다. 그러니까 그 소리는 더 커지지 않을 것이고, 오히려 그 쪼끄만 놈이 굴을 더 파면 시간이 지남에 따라 저절로 사라질 것이다. 그건 그렇고 나는 지금까지 이렇게 오래 참고 기다린 적이 없었다. 그런데 오랫동안 체계적인 탐색을 계속해도 못 찾는 단서를 우연히 아주 쉽게 찾는 경우도 종종 있다. 나는 이렇게 스스로 위로하고, 차라리 통로 순회를 계속하며 집에 돌아온 후 아직 가보지 않은 마당들도 둘러보고, 간간이 광장에서 이리저리 뛰어다니고 싶었다. 하지만 그럴 수 없었다. 나는 계속 찾아야 했다. 그 쪼끄만 족속이 내게서 많은 시간을, 훨씬 더 보람 있게 보낼 수 있는 많은 시간을 빼앗았다. 이런 일이 있을 때면 흔히 기술적인 문제가 나를 유혹한다. 이를테면 내 귀는 이런 소음을 극도로 세밀하게 구별할 수 있으므로 이 소음을 매우 정확하게 묘사하는 계기를 상상하고는 얼른 실제 소리와 일치하는지 확인하고 싶어진다. 여기서 그런 확인이 이루어지지 않는 한, 그 확인이 결국 벽에서 떨어져 나온 모래알이 어디로 굴러가는지 알아내는 일이 될지언정, 나 또한 확신하지 못하는 이유는 충분하다. 이런 측면에서 보자면 모래알 떨어지는 소리조차도 결코 사소한 문제가 아니다. 사소하든 안 하든, 아무리 찾아도 찾을 수가 없다. 아니, 오히려 너무 많다. 나는 하필 내가 좋아하는 마당에서 이런 일이 일어나야 하나 생각하고, 거기서 꽤 멀리, 다음 마당까지 가는 길의 거의 중간까지 와버린다. 사실 이런 행동은 모두 익살일 뿐이다. 마치 하필 내가 좋아하는 마당에서만 이런 소음이 나는 것은 아니고 다른 데서도 난다는 사실을 증명하려는 것 같은 행동이다. 나는 빙긋이 웃으며 귀를 기울이기 시작하지만 곧 웃음기를 거둔다. 정말로 똑같은 쉬쉬 소리가 여기서도 났기 때문이다. 나는 종종 이건 아무것도 아니라고, 나 말고는 아무도 이 소리를 듣지 못하리라고 생각한다. 물론 지금은 자꾸 듣다 보니 귀가 예민해져 점점 더 뚜렷하게 들린다. 그러나 사실, 비교를 통해 확신하듯이, 어디나 다 똑같은 소음이다. 소리가 더 커지지도 않는다. 벽에 직접 귀를 대지 않고 복도 가운데서 귀를 기울여보면 알 수 있다. 그러니 들으려고 애를 써야, 집중해야 이따금 아주 작은 소리만 들리는데, 그것도 들린다기보다 짐작일 뿐이다. 그런데 어디서나 변함없이 똑같은 소리가 난다는 사실이야말로 가장 거슬리는 점이다. 이러면 내가 처음에 한 추측과 일치하지 않는다. 내가 그 소음의 원인을 제대로 알아맞혔다면 그 소리는 특정 장소에서 가장 크게 울려야 하고, 따라서 그 장소도 찾을 수 있었을 것이고, 거기서부터는 점점 작아져야 한다. 내 설명이 맞지 않는다면 그럼 대체 뭘까? 아직 한 가지 가능성이 남아 있다. 즉, 소음의 진원지가 두 군데인데 나는 지금껏 그 진원지에서 멀리 떨어진 곳에서만 들었고, 한 곳의 진원지로 다가가면 그 소음은 커졌지만 다른 진원지에서 나는 소음은 상대적으로 작아지므로, 결국 귀에는 항상 거의 똑같은 세기로 들렸다고 가정할 수 있다. 내가 주의 깊게 귀를 기울이자, 비록 매우 불분명했지만, 벌써 새로운 가정과 일치하는 울림의 차이를 알 것 같았다. 아무튼 나는 조사 영역을 지금까지 잡은 범위보다 훨씬 더 크게 늘려 잡아야 한다. 그래서 통로를 따라 광장으로 내려가 그곳에서 귀를 기울이기 시작했다. 이런! 여기서도 똑같은 소리가 난다. 이 소리는 어떤 하찮은 짐승들이 굴을 팔 때 나는 소리다. 이놈들은 비열하게도 내가 없는 시간을 이용했지만, 내게 적대적인 의도가 있다고 볼 수는 없다. 그놈들은 단지 할 일을 할 뿐이고, 중간에 장애물을 만나지 않는 한 처음에 선택한 방향을 고수할 것이다. 이 모든 사실을 나는 알고 있다. 그럼에도 그놈들이 감히 광장까지 접근할 생각을 했다는 사실을 나는 도저히 이해할 수 없고, 그 사실만으로도 화가 나고, 작업에 필수적인 판단력이 혼란을 겪는다. 나는 그 이유를 따질 생각이 없다. 광장이 들어선 위치는 꽤 깊고, 범위도 매우 넓고, 따라서 굴을 파던 놈들이 깜짝 놀라 물러설 정도로 바람이 세게 분다. 그럼에도 놈들이 접근했다는 사실 때문이든, 아니면 단순히 그 감각 무딘 놈들이 어떤 소식통을 통해서든, 이곳이 광장이라는 사실을 알게 되었다는 점 때문이든 상관없다. 아무튼 아직까지 광장 벽에서는 구덩이가 발견되지 않았다. 여러 짐승들이 광장에서 나는 강한 냄새에 이끌려 무리 지어 왔었고, 나는 여기서 확실하게 사냥을 했었다. 하지만 놈들은 저 위 내 통로 어딘가에서 굴을 판 후, 겁은 나지만 강한 매력에 이끌려 통로를 따라 이곳으로 내려왔다. 그러니까 놈들은 통로에도 굴을 팠다는 얘기다. 내가 적어도 청소년일 때 또는 젊은 어른일 때 세운 중요한 계획들을 실행했더라면! 아니, 지금이라도 실행할 힘이 있다면! 그럴 의지는 충분하니까. 그 멋진 계획들 가운데 하나는 광장 주위를 땅과 분리하는 일이다. 즉, 광장 벽을 대략 내 키 정도의 두께로 정하고 광장 전체를 빙 둘러 땅바닥에서 분리할 수 없는 기초만 조금 남긴 채 광장 벽과 같은 규모의 동공洞空을 내는 일이다. 나는 언제나 이 빈 공간이 내가 가질 수 있는 가장 멋진 주거 공간이 되리라고 상상했으며, 그런 상상은 결코 무리가 아니었다. 둥근 구조에 매달리고, 기어오르고, 미끄러져 내리고, 엎어지고, 다시 땅바닥에 내려서고, 이 모든 놀이를 광장 내부가 아닌 외벽에서 한다. 광장을 피할 수 있고, 광장에서 눈을 뗄 수 있고, 광장을 바라보는 즐거움을 나중으로 미룰 수 있고, 그러면서도 광장을 잃지 않고 오히려 손아귀에 제대로 꽉 붙잡을 수 있다. 이런 일들은 광장으로 들어가는 통로가 일반적인 입구밖에 없는 경우에는 불가능한 일이다. 이렇게 하면 무엇보다도 광장을 감시할 수 있다. 광장의 모습을 잘 못 보는 대신, 광장과 동공 중 주거 공간을 선택해야 할 경우 분명 평생토록 동공을 선택할 만큼 보상받을 수 있으며, 언제나 거기서 오르락내리락하며 광장을 보호할 수 있다. 그러면 벽에서 어떤 소음도 안 날 것이고, 맹랑하게도 광장까지 굴을 파고들어 오는 놈도 없을 것이다. 그러면 그곳에는 평화가 보장될 것이고, 나는 광장의 파수꾼이 될 것이다. 작은 족속이 굴을 팔 때 나는 듣기 싫은 소리를 듣지 않아도 되고, 지금 당장 너무도 그리운 소리를 황홀한 기분으로 들을 수 있을 것이다. 광장의 고요가 속삭이는 소리를.

그러나 지금 이 모든 아름다운 상황이 현실이 아니므로 나는 일을 해야 한다. 나는 이 일이 광장과 직접 관련된 일이라 기쁘기까지 하다. 그 점이 내게 고무적으로 작용

○

하기 때문이다. 당연히 내 온 힘을, 하찮아 보이는 그 힘을 이 일에 모두 쏟아부어야 한다. 나는 이 사실을 점점 더 분명하게 깨닫는다. 이제 나는 광장 벽에 귀를 기울인다. 높은 곳, 낮은 곳, 벽과 바닥, 입구와 내부, 어디서든, 내가 귀를 기울이는 곳이면 어디서든 다 똑같은 소리가 들린다. 이 간헐적 소음을 이토록 오래 들어야 하니 이 작업은 얼마나 많은 시간과 얼마나 많은 노력이 필요한 일인가? 이곳 광장은 통로와는 달리 대지가 넓어 귀를 땅바닥에 대지 않으면 아무 소리도 들리지 않는다. 작은 위안이라도 얻기를 원한다면 이런 식으로 나 자신을 속일 수 있다. 나는 단지 휴식을 목적으로 명상하기 위해 자주 이 실험을 하는데, 집중하고 귀를 기울이지만 아무 소리도 들리지 않으므로 기분이 좋아진다. 그러나 소리는 엄연히 나지 않는가? 대체 어찌 된 일인가? 이 현상 앞에서 내 첫 번째 가정은 완전히 빗나갔다. 내게 손을 내미는 다른 어떤 설명도 뿌리칠 수밖에 없다. 내 귀에 들리는 소리는 지금 작업을 하고 있는 작은 짐승의 소리라고 볼 수 있을 것이다. 그러나 이 가정은 지금까지 내가 경험한 사실과 일치하지 않는다. 그 짐승은 늘 소리를 내고 있었음에도 나는 그 소리를 한 번도 듣지 못했다는 말인데, 그렇다면 어떻게 지금 갑자기 그 소리가 들리는가? 나는 원래 감각이 예민하다. 어쩌면 이 굴집에서 사는 몇 해 동안 방해 요소에 대한 감각은 특히 더 예민해졌을 수도 있다. 하지만 청각은 조금도 예민해지지 않았다. 다름 아닌 이 쪼끄만 짐승의 존재가 귀에 들리지 않았다. 들렸다면 내가 참았겠나! 굶어 죽을 위기에 봉착했을 때 나는 이놈들의 씨를 말렸을 것이다. 슬며시 어쩌면 이놈이 내가 아직 모르는 짐승일 수도 있겠다는 생각이 든다. 그럴지도 모른다. 이곳 지하의 생명을 나는 이미 오래전부터 매우 세심하게 관찰하고 있지만, 세상은 단순하지 않고, 놀랄 만큼 나쁜 소식은 빠지는 법이 없다. 어쩌면 한 마리가 아니라 많은 무리일 수도 있다. 갑자기 내 영토에 쳐들어온 대규모의 부대가 틀림없다. 무리를 이루고 있다는 사실은 소리로써 알 수 있다. 무리를 이루고 있더라도 작은 놈 한 마리, 한 마리보다 아주 조금 뛰어날 뿐이다. 이놈들이 작업할 때 내는 소음은 사실 매우 약하다. 아무튼 이놈들은 내가 모르는 짐승들이고 그저 지나가는 유랑 집단일 것이다. 그놈들의 이동이 내게 방해가 되지만 그 행렬은 곧 끝날 것이고, 나는 사실 이놈들이 다 지나가기를 기다리기만 하면 되고, 불필요한 작업을 하지 않아도 된다. 그런데 그놈들이 내가 모르는 동물일지언정 왜 볼 수가 없는가? 나는 놈들을 잡으려고 여러 곳에 굴을 팠지만 찾지 못했다. 어쩌면 지극히 작은 동물일 수도 있겠다는 생각이 들었다. 내가 아는 놈보다 훨씬 더 작은 놈인데, 그놈들이 만드는 소음만 좀 클 뿐이다. 나는 파낸 흙을 조사했다. 흙무더기를 공중에 뿌리자 작은 가루가 되어 떨어졌다. 하지만 그곳에 시끄러운 놈은 없었다. 나는 이윽고 아무렇게나 판 작은 굴에서는 아무것도 얻지 못하리라는 사실을 깨닫는다. 이런 식으로는 내 집의 벽만 망가뜨릴 뿐이다. 성급하게 긁어내고 구멍을 다시 메울 시간도 없어 방치해둔 곳이 적지 않다. 이미 여러 곳에 흙무더기가 쌓여 길과 시선을 차단한다. 물론 이런 것들은 모두 부수적인 방해일 뿐이다. 나는 돌아다닐 수도 없고, 둘러볼 수도 없고, 쉴 수도 없다. 구덩이에서 작업하던 중에 윗부분의 흙에 앞발을 박은 채 잠깐 잠이 든 경우가 벌써 여러 번이다. 흙을 긁어내리려다 잠이 든 모양이었다. 이제 방법을 바꿔야 한다. 소리가 나는 방향으로 제대로 된 큰 굴을 파고, 이론 따위는 무시한 채 소음의 진짜 원인을 발견하기 전에는 작업을 중단하지 않을 것이다. 그런 다음 내 힘이 닿는다면 소음의 원인을 제거할 것이고, 내 힘으로 안 된다 하더라도 최소한 원인이라도 분명히 확인할 수 있다. 확인하고 나면 나는 안심하거나 절망에 빠질 것이다. 어찌 되든, 안심이든 절망이든, 의심의 여지없이 분명할 것이고 당연한 결과일 것이다. 이렇게 결정하기를 잘했다. 지금까지 한 일은 모두 너무 서두른 결과다. 귀환의 흥분으로 지상의 세계에 대한 불안이 아직 완전히 가시지 않은 상태에서 굴집이 제공하는 평온한 분위기에 아직 완전히 적응하지 못한 채 굴집을 너무 오래 그리워한 나머지 지나치게 예민해진 탓에 그저 좀 특이한 현상 때문에 사려 깊지 못했다. 그게 뭐라고! 쉬쉬 하는 작은 소리일 뿐이고 그것도 어쩌다 한 번씩 들리는 아무것도 아닌 소리다. 인정하고 싶지는 않지만 그런 소리에는 익숙해질 수 있다. 아니다. 그 소리에 익숙해질 수는 없다. 다만 당장 임시방편을 취하는 일 없이 얼마 동안 관찰할 수는 있을 것이다. 몇 시간마다 간간이 귀를 기울이고 그 결과를 끈질기게 기억하는 일은 가능할 것이다. 나처럼 귀를 벽에 댄 채 발을 질질 끌고 다니며 소리가 들릴 때마다 흙을 파헤치는 짓은 안 할 수 있을 것이다. 이런 행동은 무엇을 찾으려는 목적으로 하는 행동이 아니라 마음의 불안을 나타내는 행동일 뿐이다. 이제 달라져야 한다. 그럴 것이다. 한편으로는 그럴 것 같지 않기도 하다. 눈을 감고 나 자신에게 화를 내며 스스로 고백하는데, 불안감은 몇 시간 전이나 마찬가지로 여전히 내 마음속에서 요동치고, 내 사고력이 말리지만 않았다면 나는 어디든, 소리가 나든 안 나든, 바보같이, 고집스럽게 흙을 파기 시작했을 것이다. 단지 파기 위한 목적으로. 그 꼬마 녀석처럼. 그놈이 땅을 파는 데는 아무 이유가 없거나, 흙을 먹기 위해 파거나 둘 중 하나다. 새로 세운 합리적인 계획은 나를 유혹하기도 하고 안 하기도 한다. 이 계획에 반대할 이유는 없다. 적어도 나는 그렇다. 내가 이해한 바에 의하면, 이 계획대로 하면 반드시 목표 지점에 도달한다. 그럼에도 나는 그 계획을 기본적으로 신뢰하지 않는다. 그러기에 끔찍한 결과를 예상할 때도 두려움이 생기지 않는다. 끔찍한 결과가 발생하리라는 생각조차 하지 않는다. 사실 이 소음을 처음 들었을 때 이미 이처럼 체계적으로 굴을 팔 생각을 했던 것 같다. 단지 그 생각이 미덥지 않았기 때문에 지금까지 시작도 하지 않았다. 물론 굴은 팔 것이다. 달리 방법이 없다. 다만 지금 바로 시작하지는 않고 작업을 잠시 미룰 생각이다. 내 판단력이 명예를 회복하려면 일이 제대로 되어야 한다. 덤벼서는 안된다. 먼저 여기저기 파헤쳐 손상된 부분부터 보수해야겠다. 이 작업은 시간이 꽤 걸리는 일이지만 반드시 해야 하는 일이다. 새로 파는 굴이 정말로 목표 지점과 연결되도록 파려면 길게 파야 한다. 그리고 목표에 이르지 못한다면 굴은 끝없이 이어질 것이다. 아무튼 이 작업은 굴집에서 꽤나 멀어지는 일이다. 그렇더라도 지상에서 지낼 때만큼 나쁘지는 않을 것이다. 내가 원하면 작업을 중단하고 집으로 돌아오면 된다. 그러지 않더라도 광장에서 바람이 불어와 작업 중인 나를 감싸줄 것이다. 그러나 어쨌든 굴집에서 멀어지는 일이고 불확실한 운명에 몸을 내맡기는 일이다. 그래서 남겨질 굴집을 제대로 정비해두려는 뜻이다. 굴집의 평온을 위해 싸우는 내가 그것을 스스로 깨뜨리고는 곧바로 복원하지 않았다는 말이 나와서는 안 된다. 그래서 구멍에 흙을 도로 메우는 일부터 시작한다. 그 일은 내가 잘 안다. 수없이 해본 일이고 일이라는 생각조차 들지도 않는 일이다. 특히 다지고 고르는 마감 작업에 관한 한, 내 자랑이 아니라 명백한 사실인데, 내 실력은 타의 추종을 불허할 정도다. 그러나 이번에는 어려울 것 같다. 나는 너무 산만해서 작업 중에 거듭 귀를 벽에 대고 들으며, 방금 퍼 올린 흙을 통로에 아무렇게나 흘린다. 마지막 미장 작업은 특히 집중해야 하는 일인데 제대로 해내지 못한다. 전체적으로 둥글게 마무리한 이전 모습이 복원되기는커녕, 보기 싫게 불룩 튀어나온 부분, 눈에 거슬리는 틈 등이 그대로 남아 있다.

나는 이것이 임시조치라는 사실로 위안 삼는다. 내가 돌아오면, 다시 평화가 깃들면, 나는 모든 것을 제대로 고칠 것이다. 그때는 모든 일이 순식간에 진행될 것이다. 동화에서는 모든 일이 순식간에 이루어지지 않는가? 이 위안도 동화의 일부다. 작업을 자꾸 중단하고 통로를 돌아다니며 소음의 또 다른 진원지를 확인하느니 지금 바로 본격적인 작업에 돌입하는 편이 훨씬 더 유익할 것 같다. 소음의 진원지를 확인하기는 매우 쉽다. 아무 데나 멈춰 서서 귀를 기울이기만 하면 된다. 달리 아무 일도 할 필요가 없다. 그런데 나는 또 쓸데없는 발견을 한다. 종종 소음이 멈출 때면, 긴 휴지기가 이어질 때면, 귀에서 툭툭 피가 도는 소리가 들린다. 사실 그런 쉬쉬 소리는 가끔 못 듣는 수도 있는데, 그럴 때는 두 번의 휴지기가 하나로 합쳐져서 그럴 뿐인데도 한순간 쉬쉬 소리가 완전히 사라졌다고 믿고는 더는 귀를 기울이지 않고 벌떡 일어난다. 삶 전체가 확 바뀌고 마치 굴집에 평온을 제공하는 샘이 열린 것만 같다. 그러면 그 발견을 곧바로 확인하기를 미루고 먼저 내가 발견한 사실을 안심하고 털어놓을 수 있는 누군가를 찾는다. 그래서 광장으로 달려가는데, 나는 원래의 모습 그대로 새로운 삶에 눈을 떴으므로 오랫동안 아무것도 먹지 않았다는 사실을 기억하고는 흙 속에 반쯤 흘린 식량 더미에서 아무거나 꺼내 허겁지겁 먹으며 믿기 힘든 발견을 한 장소로 되돌아간다. 일단 임시로 식사하는 동안 얼른 한 번 더 확인하려는 생각에 귀를 기울이는데, 얼핏 들어도 창피한 착각이었다는 사실이 금세 밝혀진다. 쉬쉬 소리는 저 멀리서 변함없이 들려온다. 나는 먹고 있던 음식을 뱉어 땅바닥에 짓누르고 다시 일하러 간다. 어디로 가야 할지 전혀 모른 채. 아무 곳이든 일이 필요해 보이는 곳으로. 그런 장소는 많다. 나는 기계적으로 마치 감독관이 왔기 때문에 그 앞에서 일하는 척하듯이 뭔가 하기 시작한다. 그러나 그런 식으로 일을 시작하자마자 새로운 사실을 발견한다. 즉, 소음이 더 커진 것 같다. 물론 대단히 커지지는 않았지만, 여기서는 항상 지극히 미세한 차이가 문제다. 분명 조금은 커졌다. 귀로 똑똑히 구별할 수 있다. 그리고 소리가 커졌다는 이야기는 가까워졌다는 이야기일 것이다. 그 상황은 다가오는 발걸음을 두 눈으로 보면서 커지는 발소리를 두 귀로 들을 때보다 훨씬 더 분명하게 느낀다. 나는 벽에서 튕겨져 나와 이 사실을 발견한 결과 일어날 수 있는 모든 일을 한눈에 파악하려 애쓴다. 이 굴집은 원래 공격에 대한 방어 목적의 설비는 전혀 하지 않았던 것 같다. 그럴 의도는 있었지만, 삶의 경험으로 얻은 지식과 달리 공격의 위험은 멀어 보였고, 따라서 방어 시설도 그랬던 것 같다. 아니면 굴집 내 어느 곳에서든 평화로운 삶을 위한 시설을 우선시했고 따라서 방어 시설은 멀어 보이지는 않을지언정(멀어 보일 수가 있겠는가!) 우선순위가 매우 낮았다. 기본 설계에 부담을 주지 않고도 많은 부분을 방어용으로 지을 수 있었는데도 그냥 넘어간 일은 이해가 안 된다. 굴집에 사는 동안 나는 줄곧 운이 매우 좋았다. 그 행운이 나를 망쳤다. 나는 불안했지만 행운 가운데 느끼는 불안은 아무런 결과도 낳지 않는다.

지금 당장 할 일은 그러니까 굴집을 방어의 관점에서 그리고 방어와 관련해 생각할 수 있는 모든 경우의 관점에서 철저히 살펴보고, 방어 시설 및 부속 시설을 건축하기 위한 설계를 하는 일이 될 것이다. 그다음에는 곧바로 젊은 이처럼 산뜻하게 공사에 착수해야 할 것이다. 이 일은 꼭 필요한 일이다. 사실 그냥 하는 말이지만, 너무 늦었다. 하지만 반드시 해야 하는 일이며 어떤 경우에도 대규모 탐사용 굴을 파는 일이 되어서는 안 될 것이다. 그런 굴은 방어 기능도 없을 것이고, 언제든 위험이 닥칠 수 있다는 어리석은 두려움 때문에 내 모든 힘을 위험 요소를 찾는 일에 허비하게 만드는 용도밖에는 안 될 것이다. 나는 갑자기 내가 예전에 한 설계가 이해되지 않는다. 과거에는 이해할 수 있었던 그 설계를 조금도 이해할 수가 없다. 나는 다시 일을 내려놓고 소음 듣기도 그만둔다. 이제 더는 소리가 커지는 현상을 발견하고 싶지 않다. 이제 발견에는 신물이 난다. 나는 모든 것을 내려놓는다. 마음속 저항을 잠재우기만 하면 만족할 것 같다. 나는 다시 통로에서 멀어진다. 점점 더 멀리 놓인 통로로 향한다. 집으로 돌아온 후 아직 보지 못한 곳으로, 아직 내 발이 닿지 않은 곳으로 간다. 내가 가자 그곳의 고요가 잠에서 깨 내 머리 위로 쏟아진다. 나는 그곳 분위기에 빠져들지 않고 서둘러 그곳을 지난다. 나는 내가 무엇을 찾는지 전혀 모른다. 아마도 단지 시간을 미루려고 이러는 것 같다. 나는 미로가 보일 정도로 멀리 와버렸다. 이끼 덮개에 귀를 기울이고 싶은 유혹이 생긴다. 이토록 먼 문제가, 지금 이 순간 그토록 먼 문제가 내 관심을 끈다. 나는 달려 올라가 귀를 기울인다. 깊은 고요만이 들릴 뿐. 여기는 얼마나 좋은가! 여기서는 아무도 내 굴집에 신경 쓰지 않는다. 누구나 나와는 아무 상관없이 각자의 일을 한다. 이렇게 되기 위해 나는 얼마나 많은 노력을 했던가! 이곳 이끼 덮개는 아마도 이제 내 집에서 몇 시간씩 귀를 기울여도 아무 소리도 들리지 않는 유일한 장소일 것이다. 굴집의 상황이 완전히 역전되었다. 지금까지 위험한 장소이던 곳이 평화의 장소가 된 반면, 광장은 세상의 소음과 위험에 빠지고 말았다. 설상가상으로 실제로 이곳도 평화롭지 않다. 이끼 너머로 예전과 마찬가지로 위험이 도사리고 있다. 그러나 나는 그 위험에 둔감해졌다. 벽에서 나는 쉬쉬 소리에 나는 완전히 진이 빠졌다. 그 소리에 진이 빠졌다고? 그 소리는 점점 더 커지고 있다. 점점 더 가까워지고 있다. 그런데 나는 미로를 구불구불 지나 여기 높은 곳에, 이끼 아래 진을 치고 있다. 마치 쉬쉬거리는 그놈한테 내 집을 넘겨주기라도 한 듯 이곳 높은 지대에서 잠시 쉴 수 있는 것에 만족해한다. 쉬쉬거리는 놈한테? 소음의 원인에 대한 내 판단이 바뀌었던가? 그 소음은 그 꼬마 녀석이 파는 도랑에서 나는 소리 아니었나? 내가 분명 그렇게 생각하지 않았나? 나는 아직 그 생각에서 벗어나지 않은 것 같다. 도랑에서 직접 나는 소리가 아니라면 간접적으로라도 거기서 나는 소리가 맞을 것이다. 도랑과 아무런 상관이 없다면 애초에 어떤 가정도 할 수 없으며, 그 원인을 찾거나 원인이 저절로 나타날 때까지 기다려야 한다. 물론 이런저런 가정을 해보는 일은 지금도 가능하다. 이를테면 어딘가 멀리서 물이 밀려들면서 나는 소리일 수도 있다. 그렇다면 내 귀에 "휘휘" 또는 "쉬쉬"로 들리는 소리는 원래 "쏴쏴" 소리일 것이다. 그러나 내가 그런 사태를 경험한 적이 없다는 점을 제외하더라도, 내가 처음 지하수를 발견했을 때 나는 곧바로 물줄기를 돌려놓았기 때문에 이 모래 바닥에 다시는 물이 들지 않았으므로, 그 사실을 제외하더라도 이 소리는 쉬쉬 하는 소리고, 쉬쉬 소리를 쏴쏴 소리로 해석할 수는 없다. 그러나 이 모든 사실을 상기한들 평온을 되찾는데 무슨 도움이 되겠는가? 상상력은 작동을 멈출 생각이 없고, 그러는 가운데 나는 실제로, 스스로 부정해봤자 아무 소용없는 일인데, 이 쉬쉬 소리는 동물이 내는 소리고, 그것도 작은 놈 여러 마리가 아니라 큰 놈 한 마리가 내는 소리라고 굳게 믿는다. 이러한 가정과 일치하지 않는 점도 몇 가지 있다. 이 소음은 어디서나 들리고, 언제나 똑같은 크기로 들릴 뿐만 아니라, 밤이나 낮이나 규칙적으로 들린다. 당연히 처음에는 작은 짐승 여러 마리라고 가정하기 쉽다. 그러나 그랬다면 그놈들은 내가 판 굴에서 발견되었어야 한다. 따라서 큰 짐승의 존재에 대한 가정만 남는다. 더욱이 이 가정에 어긋나 보이는 점들은 이 짐승의 존재를 배제하게 만드는 요소들이 아니라, 모든 예상을 뛰어넘는, 조심해야 할 존재로 만드는 것들이다. 오로지 그런 이유로 나는 이 가정을 거부했다. 나는 이런 자기기만을 그만둔다. 그 짐승의 소리가 멀리 떨어진 곳에서도 들리는 이유는 그놈이 매우 격하게 작업하기 때문이리라는 생각을 나는 벌써 오래전에 했었다. 그놈은 아무도 없는 길을 활보하는 놈처럼 빠르게 땅을 파고든다. 그놈이 땅을 팔 때는 땅이 흔들리고 판 다음에도 흔들리는데, 이 여진과 땅 파는 작업이 내는 소리가 아주 멀리서 하나로 합쳐진다. 내 귀에는 최종적으로 약해진 소리만 들리므로 그 소리는 어디서나 똑같이 들리는 것이다. 더구나 이 짐승이 나를 향해 다가오는 상황이 아니기 때문에 그 소리는 변하지 않는다. 이놈은 내가 그 의도를 알 수 없는 어떤 계획에 따라 움직인다. 그놈은 나를 아는 놈이다. 그렇게 주장할 생각은 없지만 그렇게 추측된다. 그놈은 내 주위를 싸고돈다. 내가 그놈을 관찰한 이후 벌써 내 굴집 주위를 몇 차례는 돌았을 것이다. 소리의 종류에 대해서는 많은 생각을 하게 된다. 쉬쉬 하는 소리인지, 휘휘 하는 소리인지. 내가 내 방식대로 땅을 할퀴고 팔 때는 전혀 다른 소리가 난다. 쉬쉬 하는 소리는 그 짐승의 주된 연장이 발톱이 아니라, 물론 보조적으로는 사용할 수 있겠지만, 주둥이나 코이기 때문이라고 설명할 수밖에 없다. 그놈의 주둥이나 코는 어마어마하게 힘이 셀뿐만 아니라 어느 정도 예리하기까지 할 것이다. 아마도 코를 단번에 힘차게 땅에 박은 후 흙을 한 무더기 파낼 터인데, 이 시간이 아무 소리도 안 들리는 시간일 것이다. 이때가 휴지기다. 그런 다음에 다시 코를 박기 위해 숨을 들이쉰다. 그놈은 힘이 세기도 하거니와 마음이 급하기 때문에 작업에 대한 열정으로 숨을 크게 들이쉴 것이고, 이 숨 들이쉬는 소리가 바로 땅을 흔드는 소음일 것이다. 그런데 이 소음이 내게는 쉬쉬 하는 작은 소리로 들린다. 그나저나 쉬지 않고 일하는 그놈의 능력은 도무지 이해가 안 된다. 짧은 휴지기에 잠깐 쉴 기회도 포함되어 있겠지만 아직 제대로 쉰 적은 없는 것 같다. 그놈은 밤이고 낮이고 땅을 판다. 언제나 똑같은 힘으로 싱싱하게, 서둘러 실현해야 할 계획을 눈앞에 그리며. 그 계획을 실현하는 데 필요한 능력을 그놈은 모두 갖추고 있다. 그런 적을 예상하지 못했다. 그러나 그놈의 특이한 점은 제외더라도 내가 항상 대비하고 있어야 했을 그 일이 지금 일어나고 있다. 누군가 다가오고 있다! 나는 어떻게 그토록 오랫동안 조용하고 행복하게 지낼 수 있었을까? 누가 내 적을 곁길로 유인해내 소유물을 크게 빙 둘러 가게 만들었을까? 나는 왜 그토록 오래 보호받고는 이제 와서 이토록 놀랄 일이 생기는가? 이 한 가지 위험을 도외시한 채 온갖 자잘한 위험에 골몰하느라 보낸 시간은 다 무엇이었나? 굴집 소유주로서 나는 내 집에 오는 놈을 장악할 힘이 있으리라 기대했다. 그러나 다름이 아니라 이 크고 예민한 건축물의 소유주다 보니 나는 조금이라도 심한 공격에 저항할 힘이 없다는 사실을 잘 알고 있다. 굴집을 소유하게 된 행운이 나를 잘못 길들였고, 이 건축물의 민감한 성질이 나를 예민하게 만들었다. 건축물에 손상이 생기면 나는 마치 내가 다치기라도 한 양 고통스럽다. 나는 바로 이 점을 예견했어야 했다. 나 자신을 방어할 생각만 할 일이 아니라 굴집 방어를 생각했어야 했다. 정말이지 너무도 가볍게 내 생각만 했다. 쓸데없이! 이제 우선 예방 조치부터 취해야 할 것이다. 굴집의 각 부분을 되도록 소규모로 나누고, 각 부분이 공격을 받을 경우 즉각 끌어올 수 있도록 준비된 흙을 그 위로 부어 묻을 수 있어야 한다. 그리하여 이 부분을 덜 손상된 부분과 분리할 수 있어야 한다. 그것도 흙무덤 뒤에 진짜 굴집이 있다는 사실을 공격자가 전혀 알지 못하도록 충분한 양의 흙을 써서 잘 묻어야 한다. 더욱이 이 흙무덤은 굴집을 은폐하는 데 그치지 않고 공격자도 같이 묻어버리기에 딱 좋을 것이다. 나는 이와 같은 조치를 털끝만큼도 취하지 않았다. 이 방향으로는 아무것도, 정말 아무것도 한 일이 없다. 나는 어린아이처럼 경솔했고, 어른이 되어서도 유치한 놀이로 시간을 보냈다. 위험에 대해서조차 그저 생각만 했을 뿐 심각한 위기에 대해 진지하게 숙고할 기회를 놓치고 말았다. 경고는 충분히 있었다.

물론 지금 언젠가 일어날지도 모를 그 일은 아직 안 일어났다. 그래도 건축 공사 초기에 이와 유사한 일은 있었다. 주된 차이점은 그때는 건축 공사 초기였다는 사실이다. 그 당시 나는 어린 수련생으로서 진지하게 첫 번째 통로를 짓는 중이었고, 대략의 설계에 따라 미로가 막 완성된 후였으며, 이미 작은 마당이 될 구덩이도 하나 판 뒤였다. 하지만 그 마당은 규모나 벽 시공 등 모든 면에서 완전히 실패작이었다. 간단히 말해 모든 것이 그냥 한번 해본 것이라고 말해도 좋을 만큼 나는 매사에 초보였다. 내가 시공한 것은 인내심이 한계에 도달했을 때 갑자기 손을 놓아버리더라도 그다지 아쉽지 않을 그런 것이었다. 그때, 언젠가 작업을 중단하고 내가 파낸 흙더미 사이에 누워 있을 때, 갑자기 멀리서 어떤 소리가 들렸다. 사실 나는 살면서 너무 자주 작업을 중단했다. 그건 그렇고, 그 당시 나는 젊었으므로 두려움보다는 호기심이 앞섰다. 나는 공사는 제쳐놓고 귀 기울여 듣는 일에 몰두했다. 그나마 듣기라도 했다. 높은 지대로 달려가 아무 소리도 안 들리는 이끼 아래 몸을 쭉 뻗었지만 눕지는 않았다. 적어도 듣기는 했다. 나는 그것이 굴 파는 소리라는 사실을 꽤 정확히 판별할 수 있었다. 내 것과 비슷한 굴인데 소리는 조금 더 약했다. 하지만 그곳까지의 거리를 얼마로 계산해야 할지는 알 수 없었다. 나는 긴장했지만 대체로 침착하고 차분했다. 나는 내가 남의 건축물에 와 있지도 모른다고, 그 굴 소유주가 지금 내게 다가오기 위해 굴을 파고 있다고 생각했다. 이 가정이 정확한 가정으로 판명이 났더라면, 나는 결코 정복욕이 넘치거나 호전적인 성격이 아니므로, 그곳을 떠나 다른 곳에 집을 지었을 것이다. 하지만 나는 아직 어렸고, 당연히 집도 없었으며, 여전히 침착하고 차분할 수 있었다. 그 후로도 그런 현상 때문에 특별히 흥분한 적은 없었다. 다만 그 현상을 어떻게 해석해야 할지, 그것은 간단한 문제가 아니었다. 그쪽에서 땅을 파는 놈이 정말로 내게 다가오려 했다면, 왜냐하면 그놈도 내가 땅 파는 소리를 들었을 테니까, 그랬다면 지금의 실제 상황과 마찬가지로 그놈이 방향을 바꾼 이유가 무엇이었는지, 내가 작업을 중단하고 쉬는 바람에 길을 안내하는 소리가 끊겼기 때문인지, 아니면 그놈 스스로 의도를 수정했는지 확인할 수 없었다. 어쩌면 그놈은 나를 향한 적이 없는데 내가 완전히 속았는지도 모른다. 아무튼 그 소리는 얼마 동안 더 커졌고 가까이 다가오는 듯했다. 당시 나는 젊었으므로 갑자기 누가 땅을 뚫고 튀어나오더라도 크게 문제 되지 않았을 것이다. 그러나 그런 일은 일어나지 않았다. 어느 시점부터는 땅 파는 소리가 약해지기 시작했다. 땅 파던 놈이 서서히 방향을 튼 경우처럼 그 소리는 점점 더 작아지더니 이제 정반대 방향으로 파기로 결정하고 곧바로 내게서 멀어진 듯 갑자기 완전히 멈췄다. 나는 고요 속에서 그 소리를 확인하려고 오랫동안 귀를 기울인 후에야 다시 일하기 시작했다. 이 경고는 확실하고도 남았다. 그러나 나는 금세 잊어버렸고, 내 설계는 이 경고로 인해 어떤 영향도 받지 않았다.

그 당시와 오늘날 사이에는 내 성년의 세월이 가로놓여 있다. 하지만 그사이에 아무 일도 없지는 않았다. 나는 여전히 긴 휴식을 취하고, 벽에 귀를 기울이고, 굴 파던 놈은 최근에 자신의 의도를 수정했다. 그놈은 돌아섰다. 여행에서 돌아오고 있었다. 그놈은 내게 자신을 맞이하도록 준비할 시간을 충분히 주었다고 생각할 것이다. 하지만 내 입장에서 보면 모든 준비가 그 당시보다도 더 미흡하다. 지금은 거대한 건축물이 버티고 있다. 대책도 없이. 그리고 나는 이제 어린 수련생이 아니라 나이 든 건축 장인이다. 내게 남은 힘은 결정을 실천하기에는 부족하다. 하지만 내가 몇 살이든, 지금보다 더 늙었다 하더라도, 이끼 아래 휴게소에서 더는 몸을 일으킬 수 없을 만큼 늙었다 하더라도 나쁘지 않을 것 같다. 실제로는 이곳에 더 눌러 있을 수가 없다. 나는 몸을 일으키고, 마치 이곳에서 휴식이 아니라 다른 근심거리를 취했다는 듯이 다시 달려 내려가 집 안으로 들어간다. 마지막 상황이 어떠했더라? 쉬쉬 하는 소리가 약해졌던가? 아니다. 더 커졌다. 나는 아무 곳이나 열 군데를 골라 귀를 기울여보고 내가 착각했다는 사실을 분명히 깨닫는다. 쉬쉬 소리는 똑같았다. 아무것도 변하지 않았다. 저기 높은 지대에서는 어떠한 변화도 일어나지 않았다. 그곳에 있으면 평온하고 오랜 시간 초연할 수 있다. 그러나 여기서는 소리가 들리는 매 순간이 나를 붙잡고 뒤흔든다. 나는 다시 먼 길을 지나 광장으로 돌아간다. 내 주위의 모든 것이 상기된 듯하고 나를 쳐다보는 것 같다. 그러고는 나를 방해하지 않으려고 시선을 거두지만 다시 긴장하고, 내 표정에서 구원의 결정을 읽으려 한다. 나는 머리를 가로젓는다. 아직 어떠한 결정도 내리지 못한다. 나는 광장에도 가지 않는다. 거기서는 어떤 계획도 실행할 상황이 아니다. 나는 탐사용 굴을 파고자 했던 장소에 들러 다시 한번 살펴본다. 이곳은 위치가 좋다. 굴을 팠더라면 작은 통기구가 모여 있는 방향으로 팠을 것이다. 통기구 덕분에 작업이 매우 수월했을 것이다. 어쩌면 먼 데까지 굴을 팔 필요도 없었을 것이다. 어쩌면 소음의 진원지까지 갈 필요도 없었을 것이다. 어쩌면 통기구에 귀를 대고 듣기만 해도 충분했을 것이다. 그러나 그 어떤 생각도 나를 공사에 착수하도록 만들지는 못했다. 그러기에는 힘이 너무 부족했다. 이 굴을 파면 확실하게 알 수 있다고? 나는 확실하게 알고 싶은 마음이 완전히 사라진 상태다. 나는 광장에서 가죽을 벗긴 양질의 선홍색 고기 한 덩이를 골라 흙더미 속으로 기어든다. 이곳에 고요라는 것이 아직 있다면 다른 데는 몰라도 거기는 분명 있을 테니까. 나는 고기를 핥고 씹으며 한 번은 멀리서 제 갈 길을 가는 낯모를 짐승을 생각했다, 또 한 번은 내 비축 식량을 즐길 수 있는 동안 마음껏 즐기자는 생각을 하기를 반복했다. 후자야말로 내가 실행할 수 있는 유일한 계획일 것이다. 그 외에는 그 짐승의 계획이 무엇인지 알아내려 애쓴다. 그놈은 여행하고 있나? 아니면 자신의 굴을 파고 있나? 여행 중이라면 그놈과 대화도 가능할 것이다. 그놈이 정말로 나한테까지 밀고 들어온다면, 내가 비축 식량을 조금 떼어 주면 갈 것이다. 그럴 것이다. 갈 것이다. 흙더미 속에서 나는 별별 상상을 다 한다. 대화하는 상상도. 물론 그런 일은 있을 수 없다는 사실을 나는 잘 알고 있다. 우리가 서로 마주치는 순간 아니, 가까이에서 서로를 감지하는 순간 아무 생각이 없어지고, 누가 먼저랄 것도 없이 배가 잔뜩 부를지언정 또 다른 허기를 느끼며 서로에게 이빨과 발톱을 보일 것이다. 이는 언제나 그렇듯이 여기서도 당연한 일이다. 그놈이 여행 중이라면, 이 굴집을 보고 여행 계획 또는 미래에 대한 계획을 바꾸지 않을 턱이 있겠는가? 만약 그놈이 자기 굴집을 짓는 중이라면 대화는 꿈도 꿀 수 없다. 그놈이 자기 굴집에 이웃해 다른 굴집이 있는 형상을 참을 만큼 아주 특이한 놈일지언정 내 굴집은 이웃을 허락하지 않는다. 물론 지금 그놈은 매우 멀리 떨어져 있는 듯하다. 조금만 더 물러난다면 소음도 사라질 것 같다. 그러면 모든 것이 다시 예전과 같아질 것이다. 그리고 이 사건은 호되지만 좋은 경험이 될 것이고, 나는 이 경험을 바탕으로 광범위한 개선을 꾀할 것이다. 나는 위험이 코앞에 닥치지 않은 평온한 상황에서는 온갖 근사한 작업을 멋지게 해낼 수 있다. 그 짐승은 어쩌면 엄청나게 다양한 작업 능력을 갖추고 있으므로 자기 굴집을 내 굴집 방향으로 확장하기를 단념하고 다른 쪽으로 늘릴지도 모른다. 물론 그런 일은 협상으로 될 일이 아니다. 오로지 그 짐승 자신의 판단에 의해서만, 또는 내 쪽에서 행사하게 될 강요에 의해서만 가능한 일이다. 두 경우 모두 결정적인 문제는 그놈이 나에 대해 아느냐, 그리고 얼마나 아느냐다. 이 점에 대해 생각하면 할수록 그놈이 내가 움직이는 소리를 들었을 가능성은 점점 더 희박해 보인다. 그놈이, 물론 나로서는 상상할 수 없는 일이지만, 나에 대해 어떤 이야기를 들었을 수는 있다. 하지만 내 소리를 듣지는 못했을 것이다. 내가 그놈에 대해 아무것도 아는 것이 없다면 그놈이

○

내 소리를 들었을 리 없다. 나는 조용조용 움직이니까. 굴 집과 재회하는 일보다 더 조용한 일은 없다. 그렇다면 내가 임시로 굴을 팠을 때 내가 내는 소리를 들었을지도 모른다. 내가 굴을 파는 방식은 소음이 거의 안 나지만 그럼에도 들었을지도 모른다. 하지만 그놈이 들었다면 나 또한 그 사실을 알아차렸을 것이다. 최소한 그놈도 작업을 자주 중단하고 귀를 기울였을 것이다. 그러나 달라진 것은 아무것도 없다.

—《만리장성을 쌓을 때》, 1931.

* 〈굴〉은 프란츠 카프카의 유작 《만리장성을 쌓을 때》에 수록된 미완성 작품이다.

옮긴이 **김해생**

1959년 부산에서 태어났다. 숙명여자대학교 독어독문학과를
졸업한 후 한국외국어대학교 통역대학원과 일반대학원을 거쳐
오스트리아 빈 대학교에서 문학박사 학위를 받았다.
숙명여대, 한국외대를 비롯 여러 대학에서 오랜 기간 학생들을
가르쳤으며, 지금은 번역 활동에만 전념하고 있다.
2007년에 제12회 한독번역문학상을 받은 바 있으며,
옮긴 책으로《밤의 여왕》《파우스트 박사》《젊은 베르터의 슬픔》등
30여 권과 저서로《대학생을 위한 활용 독일어》(공저)가 있다.

프란츠 카프카의 소설
가수 **요제피네** 혹은 **쥐**의 족속

초판 1쇄 발행 2019년 1월 7일
초판 2쇄 발행 2023년 3월 20일

지은이 프란츠 카프카
옮긴이 김해생
외부기획 이명연
책임편집 원미연
디자인 정계수

펴낸이 김현숙 김현정
펴낸곳 스피리투스/공명
출판등록 2011년 10월 4일 제25100-2012-000039호
주소 03925 서울시 마포구 월드컵북로402. KGIT 센터 925A호
전화 02-3153-1378 팩스 02-6007-9858
이메일 gongmyoung@hanmail.net
블로그 http://blog.naver.com/gongmyoung1
ISBN 978-89-97870-33-2 04850
ISBN 978-89-97870-30-1 04800(세트)

이 도서의 국립중앙도서관 출판시도서목록(CIP)은 서지정보유통지원시스템
홈페이지(http://seoji.nl.go.kr)와 국가자료공동목록시스템(http://www.nl.go.kr/kolisnet)에서
이용하실 수 있습니다. (CIP제어번호: CIP2018042401)

숨결, 정신, 마음을 뜻하는 스피리투스는 도서출판 공명의 문학 브랜드입니다.